王安石集

SHUXIANG KOUDAI CONGSHU

书香口袋丛书

王燕 编

吉林文史出版社

书香口袋丛书

王安石集

王燕 编

吉林文史出版社

图书在版编目(CIP)数据
王安石集 / 王燕编 . -- 长春 : 吉林文史出版社，2024. 9. -- (书香口袋丛书). -- ISBN 978-7-5752-0560-3
Ⅰ. I214.412
中国国家版本馆 CIP 数据核字第 2024T9K391 号

WANG ANSHI JI
王安石集 (书香口袋丛书)

出版人 / 张强
编者 / 王燕
责任编辑 / 王辰
出版发行 / 吉林文史出版社
地址 / 长春市福祉大路5788号
邮编 / 130117
印刷 / 吉林省优视印务有限公司
开本 / 50mm × 74mm 1/128
字数 / 70千字
印张 / 3
版次 / 2024年9月第1版
印次 / 2024年9月第1次印刷
书号 / ISBN 978-7-5752-0560-3
定价 / 10.00元

目录

龙 赋

龙之为物，能合能散，能潜能见，能弱能强，能微能章。惟不可见，所以莫知其乡。惟不可畜，所以异于牛羊。变而不可测，动而不可驯，则常出乎害人。而未始出乎害人，夫此所以为仁。为仁无止，则常至乎丧己，而未始至乎丧已，夫此所以为智。止则身安，曰惟知几。动则物利，曰惟知时。然则龙终不可见乎？曰：与为类者常见之。

伍子胥庙碑

予观子胥出死亡逋窜之中，以客寄之一身，卒以说吴，折不测之楚，仇执耻雪，名震天下，岂不壮哉！及其危疑之际，能自慷慨不顾万死，毕谏于所事，此其志与夫自恕以偷一时之利者异也。孔子论古之士大夫，若管夷吾、臧武仲之属，苟志于善而有补于当世者，咸不废也。然则子胥之义又曷可少耶？康定二年，予过所谓胥山者，周行庙庭，叹吴亡千有余年，事之兴坏废革者不可胜数，独子胥之祠不徙不绝，何其盛也！岂独神之事吴之所兴，盖亦子胥之节有以动后世，而爱尤在于吴也。后九年，乐安蒋公为杭使，其州人力而新之，余与为铭也。

烈烈子胥，发节穷通。遂为册臣，奋不图躯。谏合谋行，隆隆之吴。厥废不遂，邑都俄墟。以智死昏，忠则有余。胥山之颜，殿屋渠渠。千载之祠，如祠之初。孰作新之，民劝

而趋。维忠肆怀，维孝肆孚。我铭祠庭，示后不诬。

上仁宗皇帝言事书
（节选）

臣愚不肖，蒙恩备使一路，今又蒙恩召还阙廷，有所任属，而当以使事归报陛下，不自知其无以称职，而敢缘使事之所及，冒言天下之事，伏惟陛下详思而择其中，幸甚！

臣窃观陛下有恭俭之德，有聪明睿智之才，夙兴夜寐，无一日之懈，声色狗马观游玩好之事，无纤介之蔽，而仁民爱物之意，孚于天下，而又公选天下之所愿以为辅相者，属之以事，而不贰于谗邪倾巧之臣，此虽二帝三王之用心，不过如此而已，宜其家给人足，天下

在位之人，未有乏于此时者也。夫人才乏于上，则有沉废伏匿在下，而不为当时所知者矣。臣又求之于闾巷草野之间，而亦未见其多焉。岂非陶冶而成之者非其道而然乎？臣以谓方今在位之人才不足者，以臣使事之所及，则可知矣。今以一路数千里之间，能推行朝廷之法令，知其所缓急，而一切能使民以修其职事者甚少，而不才苟简贪鄙之人，至不可胜数。其能讲先王之意以合当时之变者，盖阖郡之间，往往而绝也。朝廷每一令下，其意虽善，在位者犹不能推行，使膏泽加于民，而吏辄缘之为奸，以扰百姓。臣故曰：在位之人才不足，而草野闾巷之间，亦未见其多也。夫人才不足，则陛下虽欲改易更革天下之事，以合先王之意，大臣虽有能当陛下之意而欲领此者，九州之大，四海之远，孰能称陛下之旨，以一二推行此，而人人蒙其施者乎？臣故曰：其势必未能也。孟子曰：“徒法不能以自行。”非此之谓乎？然则方今之急，在于人才而已。诚能使天下之才众多，然后在位之才可以择其人而取足焉。在位者得其才矣，然后稍视时势之可否，而因人情之患苦，变更天下之弊法，以趋先王之意，甚易也。今之天下，亦先王之天下。先王之时，人才尝众矣，何至于今而独不足乎？故曰：陶冶而成之者非其道故也。

商之时，天下尝大乱矣。在位贪毒祸败，皆非其人。及文王

之起，而天下之才尝少矣。当是时，文王能陶冶天下之士，而使之皆有士君子之才，然后随其才之所有而官使之。《诗》曰："岂弟君子，遐不作人。"此之谓也。及其成也，微贱兔罝之人，犹莫不好德，《兔罝》之诗是也，又况于在位之人乎？夫文王惟能如此，故以征则服，以守则治。《诗》曰："奉璋峨峨，髦士攸宜。”又曰：“周王于迈，六师及之。”言文王所用，文武各得其才，而无废事也。及至夷、厉之乱，天下之才，又尝少矣。至宣王之起，所与图天下之事者，仲山甫而已。故诗人叹之曰：“德𬨎如毛，维仲山甫举之，爱莫助之。”盖闵人才之少，而山甫之无助也。宣王能用仲山甫，推其类以新美天下之士，而后人才复众。于是内修政事，外讨不庭，而复有文、武之境土。故诗人美之曰：“薄言采芑，于彼新田，于此菑亩。”言宣王能新美天下之士，使之有可用之才，如农夫新美其田，而使之有可采之芑也，由此观之，人之才，未尝不自人主陶冶而成之者也。

所谓陶冶而成之

者何也？亦教之、养之、取之、任之有其道而已。

所谓教之之道何也？古者天子诸侯，自国至于乡党皆有学，博置教导之官而严其选。朝廷礼乐、刑政之事，皆在于学。士所观而习者，皆先王之法言德行治天下之意，其材亦可以为天下国家之用。苟不可以为天下国家之用，则不教也。苟可以为天下国家之用者，则无不在于学。此教之之道也。

所谓养之之道何也？饶之以财，约之以礼，裁之以法也。何谓饶之以财？人之情，不足于财则贪鄙苟得，无所不至。先王知其如此，故其制禄，自庶人之在官者，其禄已足以代其耕矣。由此等而上之，每有加焉，使其足以养廉耻，而离于贪鄙之行。犹以为未也，又推其禄以及其子孙，谓之世禄，使其生也。既于父子、兄弟、妻子之养，昏姻、朋友之接，皆无憾矣；其死也，又于子孙无不足之忧焉。何谓约之以礼？人情足于财而无礼以节之，则又放僻邪侈，无所不至。先王知其如此，故为之制度。婚丧、祭

养、燕享之事，服食、器用之物，皆以命数为之节，而齐之以律度量衡之法。其命可以为之，而财不足以具，则弗具也；其财可以具，而命不得为之者，不使有铢两分寸之加焉。何谓裁之以法？先王于天下之士，教之以道艺矣，不帅教则待之以屏弃远方、终身不齿之法。约之以礼矣，不循礼则待之以流、杀之法。《王制》曰："变衣服者，其君流。"《酒诰》曰："厥或诰曰：'群饮，汝勿佚。尽执拘以归于周，予其杀！'"夫群饮、变衣服，小罪也；流、杀，大刑也。加小罪以大刑，先王所以忍而不疑者，以为不知是不足以一天下之俗而成吾治。夫约之以礼，裁之以法，天下所以服从无抵冒者，又非独其禁严而治察之所能致也，盖亦以吾至诚恳恻之心，力行而为之倡。凡在左右通贵之人，皆顺上之欲而服行之，有一不帅者，法之加必自此始。夫上以至诚行之，而贵者知避上之所恶矣，则天下之不罚而止者众矣。故曰：此养之之道也。

所谓取之之道者何也？先王之取人也，

必于乡党，必于庠序，使众人推其所谓贤能，书之以告于上而察之。诚贤能也，然后随其德之大小、才之高下而官使之。所谓察之者，非专用耳目之聪明，而听私于一人之口也。欲审知其德，问以行；欲审知其才，问以言。得其言行，则试之以事。所谓察之者，试之以事是也。虽尧之用舜，亦不过如此而已，又况其下乎？若夫九州之大，四海之远，万官亿丑之贱，所须士大夫之才则众矣，有天下者，又不可以一二自察之也，又不可以偏属于一人，而使之于一日二日之间考试其行能而进退之也。盖吾已能察其才行之大者，以为大官矣，因使之取其类以持久试之，而考其能者以告于上，而后以爵命、禄秩予之而已。此取之之道也。

所谓任之之道者何也？人之才德，高下厚薄不同，其所任有宜有不宜。先王知其如此，故知农者以为后稷，知工者以为共工。其德厚而才高者以为之长，德薄而才下者以为之佐属。又以久于其职，则上狃习而知其事，下服驯而安其教，贤者则其功可以至于成，不肖者则其罪可以至于著，故久其任而待之以考绩之法。夫如此，故智能才力之士，则得尽其智以赴功，而不患其事之不终、其功之不就也。偷惰苟且之人，虽欲取容于一时，而顾僇辱在其后，安敢不勉乎？若夫无能之人，固知辞避而去矣。居职任事之日久，不胜任之罪，不可以幸而免故也。彼且不敢冒而知辞避矣，尚何有比周、谗谄、争进之人乎？取之既已详，使之既已当，处之既已久，至其任之也又专焉，而不一二以法束缚之，而使之得行其意，尧、舜之所以理百官而熙众工者，以此而已。《书》曰："三载考绩，三考黜陟幽明。"此之谓也。然尧、舜之时，其所黜者则闻之矣，盖四凶是也。其所陟者，则皋陶、稷、契，皆终身一官而不徙。盖其所谓陟者，特加之爵命、禄赐而已耳。此任之之道也。

夫教之、养之、取之、任之之道如此，而当时人君又能与其大臣悉其耳目心力，至诚恻怛，思念而行之，此其人臣之所以无疑，而于天下国家之事，无所欲为而不得也。

上本朝百年无事札子

臣前蒙陛下问及本朝所以享国百年，天下无事之故，臣以浅陋，误承圣问，迫于日晷，不敢久留，语不及悉，遂辞而退。窃惟念圣问及此，天下之福，而臣遂无一言之献，非近臣所以事君之义，故敢昧冒而粗有所陈。

伏惟太祖躬上智独见之明，而周知人物之情伪。指挥付托，必尽其材；变置施设，必当其务。故能驾驭将帅，训齐士卒，外以捍夷狄，内以平中国。于是除苛赋，止虐刑，废强横之藩镇，诛贪残之官吏，躬以简俭为天下先。其于出政发令之间，一以安利元元为事。太宗承之以聪武，真宗守之以谦仁，以至仁宗、英宗，无有逸德。此所以享国百年而天下无事也。

仁宗在位，历年最久。臣于时实备从官，施为本末，臣所亲见，尝试为陛下陈其一二，而陛下详择其可，亦足以申鉴于方今。

伏惟仁宗之为君也，仰畏天，俯畏人，宽仁恭俭，出于自然。

而忠恕诚悫，终始如一，未尝妄兴一役，未尝妄杀一人。断狱务在生之，而特恶吏之残扰；宁屈己弃财于夷狄，而终不忍加兵。刑平而公，赏重而信，纳用谏官御史，公听并观，而不蔽于偏至之谗；因任众人耳目，拔举疏远，而随之以相坐之法。盖监司之吏，以至州县，无敢暴虐残酷，擅有调发，以伤百姓。自夏人顺服，蛮夷遂无大变。边人父子夫妇得免于兵死，而中国之人安逸蕃息，以至今日者，未尝妄兴一役，未尝妄杀一人，断狱务在生之，而特恶吏之残扰；宁屈己弃财于夷狄，而不忍加兵之效也。大臣贵戚，左右近习，莫敢强横犯法，其自重慎，或甚于闾巷之人，此刑平而公之效也。

募天下骁雄横猾以为兵，几至百万，非有良将以御之，而谋变者辄败。聚天下财物，虽有文籍，委之府史，非有能吏以钩考，而欺盗者辄发；凶年饥岁，流者填道，死者相枕，而寇攘者辄得；此赏重而信之效也。大臣贵戚，左右近习，莫能大擅威福，广私货赂，一有奸慝，随辄上闻，贪邪横猾虽间或见用，未尝得久，此纳用谏官御史，公听并观，而不蔽于偏至之谗之效也。自县令京官，以至监司台阁，升擢之任，虽不皆得人，然一时之所谓才士，亦罕蔽塞而不见收举者，此因任众人之耳目，拔举疏远，而随之以相坐之法之效也。升遐之日，天下号恸，如丧考妣，此宽仁恭俭，出于自然，忠恕诚悫，终始如一之效也。

然本朝累世因循末俗之弊，而无亲友群臣之议；人君朝夕与处，不过宦官女子；出而视事，又不过有司之细故；未尝如古大有为之君，与学士大夫讨论先王之法，以措之天下也。一切因任自然之理势，而精神之运，有所不加；名实之间，有所不察。君子非不见贵，然小人亦得厕其间；正论非不见容，然邪说亦有时而用。以诗赋记诵求天下之士，而无学校养成之法；以科名资历叙朝廷之位，而无官司课试之方。监司无检察之人，守将非选择之吏。转徙之亟，既难于考绩，而游谈之众，因得以乱真。交私养望者，多得显官；独立营职者，或见排沮。故上下偷惰，取

容而已，虽有能者在职，亦无以异于庸人。农民坏于繇役，而未尝特见救恤；又不为之设官，以修其水土之利。兵士杂于疲老，而未尝申敕训练；又不为之择将，而久其疆埸之权。宿卫则聚卒伍无赖之人，而未有以变五代姑息羁縻之俗；宗室则无教训选举之实，而未有以合先王亲疏隆杀之宜。

其于理财，大抵无法，故虽俭约而民不富，虽忧勤而国不强。赖非夷狄猖炽之时，又无尧汤水旱之变，故天下无事，过于百年。虽曰人事，亦天助也。盖累圣相继，仰畏天，俯畏人，宽仁恭俭，忠恕诚悫，此其所以获天助也。

伏惟陛下躬上圣之质，承无穷之绪，知天助之不可常恃，知人事之不可怠终，则大有为之时，正在今日。臣不敢辄废将明之义，而苟逃讳忌之诛。伏惟陛下幸赦而留神，则天下之福也。取进止。

上时政疏

年月日，具位臣某昧死再拜上疏尊号皇帝陛下，臣窃观自古人主享国日久，无至诚恻怛忧天下之心，虽无暴政虐刑加于百姓，而天下未尝不乱。自秦已下，享国日久者，有晋之武帝、梁之武帝、唐之明皇。此三帝者，皆聪明智略有功之主也。享国日久，内外无患，因循苟且，无至诚恻怛忧天下之心，趋过目前，而不为久远之计，自以祸灾可以无及其身，往往身遇祸灾，而悔无所及。虽或仅得身免，而宗庙固已毁辱，而妻子固以困穷，天下之民，固以膏血涂草野，而生者不能自脱于困饿劫束之患矣。夫为人子孙，使其宗庙毁辱；为人父母，使其比屋死亡，此岂仁孝之主所宜忍者乎？然而晋、梁、唐之三帝，以晏然致此者，自以为其祸灾可以不至于此，而不自知忽然已至也。

盖夫天下，至大器也，非大明法度，不足以维持，非众建贤才，不足以保守。苟无至诚恻怛忧天下之心，则不能询考贤才，讲求法度。贤才不用，法度不修，偷假岁月，则幸或可以无他，旷日持久，则未尝不终于大乱。

伏惟皇帝陛下有恭俭之德，有聪明睿智之才，有仁民爱物之意，然享国日久矣，此诚当恻怛忧天下，而以晋、梁、唐三帝为戒之时。以臣所见，方今朝廷之位，未可谓能得贤才，政事所施，未可谓能合法度。官乱于上，民贫于下，风俗日以薄，财力日以困穷，而陛下高居深拱，未尝有询考讲求之意。此臣所以窃为陛下计，而不能无慨然者也。

夫因循苟且，逸

豫而无为，可以徼幸一时，而不可以旷日持久。晋、梁、唐三帝者不知虑此，故灾稔祸变，生于一时，则虽欲复询考讲求以自救，而已无所及矣。以古准今，则天下安危治乱，尚可以有为。有为之时，莫急于今日。过今日，则臣恐亦有无所及之悔矣。然则以至诚询考而众建贤才，以至诚讲求而大明法

度，陛下今日其可以不汲汲乎？《书》曰：“若药不瞑眩，厥疾弗瘳。”臣愿陛下以终身之狼疾为忧，而不以一日之瞑眩为苦。

臣既蒙陛下采擢，使备从官，朝廷治乱安危，臣实预其荣辱，此臣所以不敢避进越之罪，而忘尽规之义。伏惟陛下深思臣言，以自警戒，则天下幸甚！

进戒疏

熙宁二年五月十一日，朝散大夫、右谏议大夫、参知政事、护军、赐紫金鱼袋臣某昧死再拜上疏皇帝陛下：臣窃以为陛下既终亮阴，考之于经，则群臣进戒之时。而臣待罪近司，职当先事有言者也。窃闻孔子论为邦，先放郑声，而

后曰远佞人。仲虺称汤之德，先不迩声色，不制货利，而后曰用人惟已。盖以谓不淫耳目于声色玩好之物，然后能精于用志；能精于用志，然后能明于见理；能明于见理，然后能知人；能知人，然后佞人可得而远。忠臣良士与有道之君子类进于时，有以自竭，则法度之行，风俗之成，甚易也。

若夫人主虽有过人之材，而不能早自戒于耳目之欲，至于过差，以乱其心之所思，则用志不精，用志不精，则见理不明，见理不明，则邪说诐行必窥间乘殆而作，则其至于危乱也岂难哉！伏惟陛下即位以来，未有声色玩好之过闻于外，然孔子圣人之盛，尚自以为七十而后敢纵心所欲也。

今陛下以鼎盛之春秋，而享天下之大奉，所以惑移耳目者，为不少矣。则臣之所豫虑，而陛下之所深戒，宜在于此。天之生圣人之材甚吝，而人之值圣人之时甚难。天既以圣人之材付陛下，则人亦将望圣人之泽于此时。伏惟陛下自爱以成德，而自强以赴功，使后世不失圣人之名，而天下皆蒙陛下之泽，则岂非可愿之事哉？臣愚不胜惓惓，唯陛下恕其狂妄而幸赐省察。

拟上殿札子

臣蒙恩奉使，归报陛下，敢因边事之所及，冒言天下之事，伏惟陛下详思而择其中，天下幸甚。

臣窃见陛下有恭俭之德，有聪明睿智

之才，有仁民爱物之意。顾内不能无以社稷为忧，则外不能无患于夷狄。天下之财力日以穷困，而风俗日以衰坏，四方有志之士，諰諰然常恐天下之不久安，此其故何也？患在无法度故也。今朝廷法严令具，无所不有，而臣以谓无法度者，方今之法度多不合于先王之法度故也。《孟子》曰："有仁心仁闻而人不被其泽者，为政不法先王之道故也。”非此之谓乎？以今之时方先王之时，远矣，所遭之时、所遇之变不同，而欲一二修先王之政，虽甚愚者，犹知其难也。而臣以谓当今之失，患在不法先王之政者，以谓当法其意而已。夫五帝、三王相去盖千有余岁，一治一乱，盛衰之时具矣。其所遭之变、所遇之势不同，其施设之方亦皆殊，而其为国家之意，本末先后未尝不同也。臣故曰：当法其意而已。法其意则吾所改易更革，不至乎倾骇天下之耳目，嚣天下之口，而固已合乎先王之政矣。

虽然，以方今之势揆之，陛下虽欲改易更革天下之事，合于先王之意，其势未必能也。陛下有恭俭之德，有聪明睿智之才，有仁民爱物之意，则何为而不成，何欲而不得？而臣固以谓虽欲改易更革天下之事，合于先王之意，其势未必能者，何也？方今天下之吏才少故也。朝廷之人才，固尝简在陛下之聪明。以臣使事之所及，则一路数千里之间，能推行朝廷之法，知其所

缓急，而一切能修其职事者甚少；而不才苟简贪鄙之人不可胜数；其能讲先王之意，以合当世之变者，盖阖郡之间，往往而绝也。夫人才不足，则陛下虽欲改易更革天下之事，以合先王之意，大臣虽有能当陛下之意而领此者，九州之大，四海之远，万官之众，孰能一二推行之，使人人蒙其施者乎？

臣故曰：其势未必能也。

然则方今之急，在乎人才而已。今之天下，亦先王之天下，先王之时，人才尝众矣，盖其所以陶冶而成之者有道。所谓陶冶以成之者，《诗》《书》、传记之所载，其大略可见矣。陛下尝试详延大臣左右及天下智能才谓之士，使其论先王所以成天下之才

者，其施设之方如何？今之所以异于先王而人才不足者，其咎安在？其欲变而通之以合于先王之意而成天下之才，宜何施为而可？陛下因择其言之近于理者，使之相与上下反覆为论焉，因取其宜于时者施焉，则人才宜众矣。

夫成人之才甚不难。人所愿得者尊爵厚禄，而所荣者善行，所耻者恶名也。今操利势以临天下之士，劝之以其所荣，而予之以其所愿，则孰肯背而不为者？特患不能尔。而吾所以责之者，又中人之所能为，则不能者又少矣。夫成人之才甚不难，而自古往往不能成人之才，何也？以人主之才不足故也。盖人主无恭俭之德，无聪明睿智之才，无仁民爱物之意，则嬖倖谄谀、奸罔蔽欺、残贼放恣之人，皆得志于时，而推其类以乱天下，虽有良法，不能成天下之才矣。

今陛下有恭俭之德，有聪明睿智之才，有仁民爱物之意，而又因天下之所愿以为辅相者，公听并观，以进退天下之士，则所以成天下之才，特患无良法。而陛下推至诚恻怛之心以行之，则臣虽愚，固知人之才不难成也。人才既众，则陛下何为而不成？何欲而不得？夫然后改易更革天下之事，以合乎先王之意，甚易也。陛下不能如此，苟于积敝之末流，因不足任之才，而修不足为之法，臣恐在军者日以劳，而士民愈以穷困污滥，而于天下国家愈其无补也。

臣幸以使事归报，徒举利害之一二，而无补于世，非臣之所以事陛下惓惓之义也。辄不自知其驽下，而敢言国家之大体。伏惟陛下详择其中，天下幸甚也。

上五事札子

陛下即位五年，更张改造者数千百事，而为书具，为法立，而为利者何其多也。就其多而求其法最大、其效最晚、其议论最多者，五事也：一曰和戎，二曰青苗，三曰免役，四曰保甲，五曰市易。

今青唐、洮河，幅员三千余里，举戎羌之众二十万献其地，因为熟户，则和戎之策已效矣。昔之贫者，举息之于豪民；今之贫者，举息之于官。官薄其息而民救其乏，则青苗之令已行矣。惟免役也，保甲也，市易也，此三者有大利害焉。得其人而行之则为大利，非其人而行之则为大害；缓而图之则为大利，急而成之则为大害。《传》曰：“事不师古，以克永世，匪说攸闻。”若三法者，可谓师古矣。然而知古之道，然后能行古之法，此臣所谓大利害者也。

盖免役之法，出于《周官》所谓府、史、胥、徒，《王制》所谓“庶人在官者”也。然而九州之民，贫富不均，风俗不齐，版籍之高下不足据，今一旦变之，则使之家至户到，均平如一，举天下之役人人用募，释天下之农归于畎亩，苟不得其人而行，则五等必不平，而募役必不均矣。

保甲之法，起于三代丘甲，管仲用之齐，子产用之郑，商君用之秦，仲长统言之汉，而非今日之立异也。然而天下之人，凫居雁聚，散而之四方而无禁也者，数千百年矣，今一旦变之，使行什伍相维，邻里相属，察奸而显诸仁，宿兵而藏诸用，苟不得其人而行之，则搔之以追呼，骇之以调发，而民心摇矣。

市易之法，起于周之司市、汉之平准。今以百万缗之钱，权物价之轻重，以通商而贳之，令民以岁入数万缗息。然甚知天下之货贿未甚行，窃恐希功幸赏之人，速求成效于年岁之间，则吾法隳矣。

臣故曰：三法者，得其人缓而谋之则为

大利，非其人急而成之则为大害。故免役之法成，则农时不夺而民力均矣；保甲之法成，则寇乱息而威势强矣；市易之法成，则货贿通流而国用饶矣。

乞改科条制札子

伏以古之取士，皆本于学校，故道德一于上，而习俗成于下，其人材皆足以有为于世。自先王之泽竭，教养之法无所本，士虽有美材，而无学校师友以成就之，议者之所患也。今欲追复古制以革其弊，则患于无渐。宜先除去声病对偶之文，使学者得以专意经义，以俟朝廷兴建学校，然后讲求三代所以教育选举之法，施于天下，庶几可复古矣。所对明经科欲行废罢，并诸科元额内解明经人数添解进士，及更俟一次科场，不许新应诸科投下文字，渐令改习进士。仍于京东、陕西、河东、河北、京西五路先置学官，使之教导。于南省所添进士奏名，仍具别作一项，止取上件京东等五路举人并府、监、诸路曾应诸科改应进士人数。所贵合格者多，可以诱进诸科向习进士科业。如允所奏，乞降敕命施行。

诫励诸道转运使经画财利宽恤民力制

夫闵仁百姓而无夺其时，无侵其财，无耗其力，使其无憾于衣食，而有以养生丧死，此礼义廉耻之所兴，而二帝三王诫敕百工诸侯之所先，后世不可以忽者也。朕夙兴夜寐，听治不怠，囿游宫室之观无所增饰，而躬以节俭先天下之士。然而不忍人之政，考诸先王，未有以及之也。凶年饥岁，民之父子夫妇，犹有不得保其家室而放乎沟壑。意者吏或不良，不知所以赈救省忧之方，而使之至此耶？今吾别诸道置使者，使得察吏之良否而视民之疾苦，辄具以言，而任事者或不惟朕志之所急，而以侵牟之为故，甚非所以遣使者慰安元元之意也。夫转输天下之财，以给有司之费，皆有常数，而无横求。诚能御轻重敛散之权，而禁因缘之奸，则何患乎经入之不足？彼前世良吏，能纾其民而官事亦不耗费者，岂有他哉？亦在乎勉之而已。若乃操聚

敛之羸以为功，而不知百姓与足之义，非惟逆于朕志，而有司考绩之法，亦将不汝容焉。朕言维服，其听毋怠。可。

谏官论

以贤治不肖，以贵治贱，古之道也。所谓贵者何也？公卿大夫是也。所谓贱者何也？士、庶人是也。同是人也，或为公卿，或为士，何也？为其不能公卿也，故使之为士；为其贤于士也，故使之为公卿。此所谓以贤治不肖，以贵治贱也。

今之谏官者，天子之所谓士也。其贵，则天子之三公也。惟三公，于安危治乱存亡之故，无所不任其责，至于一官之废，一事之不得，无所不当言，故其位在卿大夫

之上，所以贵之也。其道德必称其位，所谓以贤也。至士则不然，修一官，而百官之废不可以预也；守一事，而百事之失可以毋言也。称其德，副其材，而命之以位也。循其名，傃其分，以事其上而不敢过也。此君臣之分也，上下之道也。今命之以士，而责之以三公，士之位而受三公之责，非古之道也。

孔子曰："必也正名乎！"正名也者，所以正分也。然且为之，非所谓正名也。身不能正名，而可以正天下之名者，未之有也。

蚳蛙为士师，孟子曰："似也，为其可以言也。"蛙谏于王而不用，致为臣而去。孟子曰："有言责者，不得其言则去；有官守者，不得其职则去。"然则有官守者莫不言有责，有言责者莫不有官守。士师之谏于王是也。其谏也，盖以其官而已矣，是古之道也。古者官师相规，工执艺事以谏。其或不能谏，谓之不恭，则有常刑。盖自公卿至于百工，各以其职谏，则君孰与为不善？自公卿至于百工，皆失其职，以阿上之所好，则谏官者，乃天子之所谓士耳，吾未见其能为也。

待之以轻而要之以重，非所以使臣之道也。其待己也轻，而取重任焉，非所以事君之道也。不得已，若唐之太宗，庶乎其或可也。虽然，有道而知命者，果以为可乎？未之能处也。唐太宗之时，所谓谏官者，与丞弼俱进于前。故一言之谬，一事之失，可救之于将然，不使其命已布于天下，然后从而争之也。君不失其所以为君，臣不失其所以为臣，其亦庶乎其近古也。

今也上之所欲为，丞弼所以言于上，皆不得而知也。及其命之已出，然后从而争之。上听之而改，则是士制命而君听也；不听而遂行，则是臣不得其言而君耻过也。臣不得其言，士制命而君听，二者上下所以相悖而否乱之势也。然且为之，其亦不知其道矣，及其谆谆而不用，然后知道之不行，其亦辨之晚矣。或曰：“《周官》之师氏、保氏，司徒之属而大夫之秩也。”曰：尝闻周公为师，而召公为保矣，《周官》则未之学也。

伯夷论

事有出于千世之前，圣贤辩之甚详而明，然后世不深考之，因以偏见独识，遂以为说，既失其本，而学士大夫共守之不为变者，盖有之矣，伯夷是已。

夫伯夷，古之论有孔子、孟子焉。以孔、孟之可信，而又辩之反复不一，是愈益可信也。孔子曰："不念旧恶。""求仁而得仁。""饿于首阳之下，逸民也。"孟子曰："伯夷非其君不事，不立恶人之朝，避纣居北海之滨，目不视恶色，不事不肖，百世之师也。"故孔、孟皆以伯夷遭纣之恶，不念以怨，不忍事之，以求其仁；饿而避，不自降辱，以待天下之清，而号为圣人耳。然则司马迁以为武王伐纣，伯夷叩马而谏，天下宗周而耻之，义不食周粟，而为《采薇之歌》。韩子因之，亦为之颂，以为微二子，乱臣贼子接迹于后世。是大不然也。

夫商衰，而纣以不仁残天下，天下孰不病纣？而尤者，伯夷也。尝与太公闻西伯善养老，则往归焉。当是之时，欲夷纣者，二人之心，岂有异邪？及武王一奋，太公相之，遂出元元于涂炭之中，伯夷乃不与，何哉？盖二老所谓天下之大老，行年八十余，而春秋固已高矣。自海滨而趋文王之都，计亦数千里之远，文王之兴以至武王之世，岁亦不下十数，岂伯夷欲归西伯而志不遂，乃死于北海邪？抑来而死于道路邪？抑其至文王之都而不足以及武王之世而死邪？如是而言伯夷，其亦理有不存者也。且武王倡大义于天下，太公相而成之，而独以为非，岂伯夷乎？天下之道二，仁与不仁也。纣之为君，不仁也；武王之为君，仁也。伯夷固不事不仁之纣，以待仁而后出。武王之仁焉，又不事之，则伯夷何处乎？余故曰：圣贤辩之甚明，而后世偏见独识者之失其本也。呜呼，使伯夷之不死，以及武王之时，其烈岂独太公哉！

材论

天下之患，不患材之不众，患上之人不欲其众；不患士之不欲为，患上之人不使其为也。夫材之用，国之栋梁也，得之则安以荣，失之则亡以辱。然上之人不欲其众、不使其为者，何也？是有三蔽焉。其尤蔽者，以为吾之位可以去辱绝危，终身无天下之患，材之得失无补于治乱之数，故偃然肆吾之志，而卒入于败乱危辱，此一蔽也。又或以谓吾之爵禄贵富足以诱天下之士，荣辱忧戚在我，吾可以坐骄天下之士，将无不趋我者，则亦卒入于败乱危辱而已，此亦一蔽也。又或不求所以养育取用之道，而谌谌然以为天下实无材，则亦卒入于败乱危辱而已，此亦一蔽也。此三蔽者，其为患则同。然而用心非不善，而犹可以论其失者，独以天下为无材者耳。盖其心非不欲用天下之材，特未知其故也。

且人之有材能者，其形何以异于人哉？惟其遇事而事治，画策而利害得，治国而国安利，此其所以异于人也。上之人苟不能精察之，审用之，则虽抱皋、夔、稷、契之智，且不能自异于众，况其下者乎？世之蔽者方曰：“人之有异能于其身，犹锥之在囊，其末立见，故未有有其实而不可见者也。”

此徒有见于锥于之在囊，而固未睹夫马之在厩也。驽骥杂处，饮水食刍，嘶鸣蹄齧，求其所以异者蔑矣。及其引重车，取夷路，不屡策，不烦御，一顿其辔而千里已至矣。当是之时，使驽马并驱方驾，则虽倾轮绝勒，败筋伤骨，不舍昼夜而追之，辽乎其不可以及也，夫然后骐骥騕褭腰衰与驽骀别矣。古之人君知其如此，故不以天下为无材，尽其道以求而试之耳，试之之道，在当其所能而已。

夫南越之修簳，镞以百炼之精金，羽以秋鹗之劲翮，加强弩之上，而彍之千步之外，虽有犀兕之捍，无不立穿而死者，此天下之利器，而决胜觌武之所宝也。然用以敲扑，则无以异于朽槁之梃。是知虽得天下之瑰材桀智，而用之不得其方，亦若此矣。古之人君知其如此，于是铢量其能而审处之，使大者、小者、长者、短者、强者、弱者，无不适其任者焉。如是，则士之愚蒙鄙陋者，皆能奋其所知，以效小事，况其贤能智力卓荦者乎？呜呼！后之在位者，盖未尝求其说而试之以实也，而坐曰：天下果无材，亦未之思而已矣。

或曰："古之人于材，有以教育成就之，而子独言其求而用之者，何也？"曰：天下法度未立之后，必先索天下之材而用之。如能用天下之材，则能复先王之法度。能复先王之法度，则天下之小事，无不如先王时矣，况教育成就人材之大者乎？此吾所以独言求而用之之道也。

噫！今天下盖尝患无材可用者。吾闻之，六国合从，而辩说之材出；刘、项并世，而筹画战斗之徒起；唐太宗欲治，而谟谋谏诤之佐来。此数辈者，方此数君未出之时，盖未尝有也。人君苟欲之，斯至矣。今亦患上之不求之、不用之耳。天下之广，人物之众，而曰果无材可用者，吾不信也。

三不欺

昔论者曰："君任德，则下不忍欺；君任察，则下不能欺；君任刑，则下不敢欺。"而遂以德、察、刑为次。盖未之尽也。此三人者之为政，皆足以有取于圣人矣，然未闻圣人为政之道也。夫未闻圣人为政之道，而足以有取于圣人者，盖人得圣人之一端耳。且子贱之政使人不忍欺，古者任德之君宜莫如尧也，然则驩兜犹或以类举于前，则德之使人不欺，岂可独任也哉？子产之政使人不能欺，夫君子可欺以其方，故使畜鱼而校人烹之，然则察之使人不欺，岂可独任也哉？西门豹之政使人不敢欺，夫不及于德而任刑以治，是孔子所谓“民免而无耻”者也，然则刑之使人不敢欺，岂可独任也哉？故曰：此三人者，未闻圣人为政之道也。

然圣人之道有出此三者乎？亦兼用之而已。昔者尧、舜之时，比屋之民皆足以封，则民可谓不忍欺矣。放齐以丹朱称于前，曰："嚚讼，可乎？"则民可谓不能欺矣。四罪而天下咸服，则民可谓不敢欺矣。故任德则有不可化者，任察则有不可周者，任刑则有不可服者。然则子贱之政无以正暴恶，子产之政无以周隐微，西门豹之政无以渐柔良。然而三人者能以治者，盖足以治小具而高乱世耳，使当尧、舜之时所大治者，则岂足用哉？盖圣人之政，仁足以使民不忍欺，智足以使民不能欺，政足以使民不敢欺，然后天下无或欺之者矣。

或曰：刑亦足任以治乎？曰：所任者，盖亦非专用之而足以治也。豹治十二渠以利民，至乎汉，吏不能废，民以为西门君所为，不从吏以废也，则豹之德，亦足以感于民心矣。然则尚刑，故曰任刑焉耳。使无以怀之而惟刑之见，则民岂得或不能欺之哉？

勇　惠

世之论者曰：“惠者轻与，勇者轻死，临财而不訾，临难而不避者，圣人之所取，而君子之行也。”吾曰不然。惠者重与，勇者重死，临财而不訾，临难而不避者，圣人之所疾，而小人之行也。故所谓君子之行者有二焉：其未发也，慎而已矣；其既发也，义而已矣。慎则待义而后决，义则待宜而后动，盖不苟而已也。《易》曰："吉凶悔吝生乎动。"言动者贤不肖之所以分，不可以苟尔。是以君子之动，苟得已，则斯静矣。故于义有可以不与死之道而必与必死者，虽众人之所谓难能，而君子未必善也；于义有可与可死之道而不与不死者，虽众人之所谓易出，而君子未必非也。是故尚难而贱易者，小人之行也；无难无易而惟义之是者，君子之行也。《传》曰：“义者，天下之制也。”制行而不以义，虽出乎圣人之所不能，亦归于小人而已矣。季路之为人，可谓贤也，而孔子曰："由也好勇过我，无所取材。"夫孔子之行，惟义之是，而子路过之，是过于义也。为行而过于义，宜乎孔子之无取于其材也。勇过于义，孔子不取，则惠之过于义，亦可知矣。

孟子曰："可以与，可以无与，与伤

惠；可以死，可以无死，死伤勇。”盖君子之动，必于义无所疑而后发，苟有疑焉，斯无动也。《语》曰：“多见阙殆，慎行其余，则寡悔。”言君子之行当慎处于义尔。而世有言孟子者曰：“孟子之文，传之者有所误也。孟子之意当曰‘无与伤惠，无死伤勇’。”呜呼，盖亦弗思而已矣。

仁 智

仁者圣之次也，智者仁之次也，未有仁而不智者也，未有智而不仁者也。然则何智、仁之别哉？以其所以得仁者异也。仁，吾所有也，临行而不思，临言而不择，发之于事而无不当于仁也，此仁者之事也。仁，吾所未有也，吾能知其为仁也，临行而思，临言而择，发之于事而无不当仁也，此智者之事也。其所以得仁则异矣，及其为仁则一也。

孔子曰："仁者静，智者动。"何也？曰：譬今有二贾也，一则既富矣，一则知富之术而未富也，既富者虽焚舟折车无事于贾可也，知富之术而未富者则不得无事也，此仁、智之所以异其动静也。吾之仁足以上格乎天，下浃乎草木，旁溢乎四夷，而吾之用不匮也，然则吾何求哉？此仁者之所以能静也。吾之知欲以上格乎天，下浃乎草木，旁溢乎四夷，而吾之用有时而匮也，然则吾可以无求乎？此智者之所以必动也。故曰："仁者乐山，智者乐水。"山者，静而利物者也；水者，动而利物者也。其动静则异，其利物同矣。曰："仁者寿，智者乐。"然则仁者不乐，智者不寿乎？曰：智者非不寿，不若仁者之寿也；仁者非不乐，乐不足以尽仁者之盛也。

能尽仁之道，则圣人矣，然不曰仁而目之以圣者，言其化也。盖能尽仁道则能化矣，如不能化，吾未见其能尽仁道也。颜回，次孔子者也，而孔子称之曰“三月不违仁”而已，然则能尽仁道者，非若孔子者谁乎？

原性

或曰：孟、荀、扬、韩四子者，皆古之有道仁人，而性者，有生之大本也，以古之有道仁人而言有生之大本，其为言也宜无惑，何其说之相戾也？吾愿闻子之所安。

曰：吾所安者，孔子之言而已。夫太极者，五行之所由生，而五行非太极也。性者，五常之太极也，而五常不可以谓之性。此吾所以异于韩子。且韩子以仁、义、礼、智、信五者谓之性，而曰天下之性恶焉而已矣。五者之谓性而恶焉者，岂五者之谓哉？

孟子言人之性善，荀子言人之性恶。夫太极生五行，然后利害生焉，而太极不可以利害言也。性生乎情，有情然后善恶形焉，而性不可以善恶言也。此吾所以异于二子。孟子以恻隐之心人皆有之，因以谓人之性无不仁。就所谓性者如其说，必也怨毒忿戾之心人皆无之，然后可以言人之性无不善，而人果皆无之乎？孟子以恻隐之心为性者，以其在内也。夫恻隐之心与怨毒忿戾之心，其有感于外而后出乎中者，有不同乎？荀子曰：“其为善者伪也。”就所谓性者如其说，必也恻隐之心人皆无之，然后可以言善者伪也，为人果皆无之乎？荀子曰：“陶人化土而为埴，埴岂土之性也哉？”夫陶人不以木为埴者，惟土有埴之性焉，乌在其为伪也？且诸子之所言，皆吾所谓情也，习也，非性也。

扬子之言为似矣，犹未出乎以习而言性也。古者有不谓喜、怒、爱、恶、欲情者乎？喜、怒、爱、恶、欲而善，然后从而命之曰仁也、义也；喜、怒、爱、恶、欲而不善，然后从而命之曰不仁也、不义也。故曰：有情然后善恶形焉。然则善恶者，情之成名而已矣。孔子曰：“性相近也，习相远也。”吾之言如此。

然则“上智与下愚不移”，有说乎？曰：此之谓智愚，吾所云者，性与善恶也。恶者之于善也，为之则是；愚者之于智也，或不可强而有也。伏羲作《易》，而后世圣人之

言也，非天下之至精至神，其孰能与于此？孔子作《春秋》，则游、夏不能措一辞。盖伏羲之智，非至精至神不能与，惟孔子之智，虽游、夏不可强而能也，况所谓下愚者哉？其不移明矣。

或曰：四子之云尔，其皆有意于教乎？曰：是说也，吾不知也。圣人之教，正名而已。

性说

孔子曰："性相近也，习相远也。"吾是以与孔子也。韩子之言性也，吾不有取焉。然则孔子所谓"中人以上可以语上，中人以下不可以语上""惟上智与下愚不移"，何说也？曰：习于善而已矣，所谓上智者；习于恶而已矣，所谓下愚者；一习于善，一习于恶，所谓中人者。上智也、下愚也、中人也，其卒也命之而已矣。有人于此，未始为不善也，谓之上智可也；其卒也去而为不善，然后谓之中人可也。有人于此，未始为善也，谓之下愚可也；其卒也去而为善，然后谓之中人也。惟其不移，然后谓之上智；惟其不移，然后谓之下愚，皆于其卒也命之，夫非生而不可移也。

且韩子之言弗顾矣，曰："性之品三，而其所以为性五。"夫仁、义、礼、智、信，孰而可谓不善也？又曰："上焉者之于五，主于一而行之四；下焉者之于五，反于一而悖于四。"是其于性也，不一失焉，而后谓之上焉者，不一得焉，而后谓之下焉者。是果性善，而不善者，习也。

然则尧之朱、舜之均、瞽瞍之舜、鲧之禹、后稷、越椒、叔鱼之事，后所引者皆不可信邪？曰：尧之朱、舜之均，固吾所谓习于恶而已者；瞽瞍之舜、鲧之禹，固吾所谓习于善而已者。后稷之诗以异云，而吾之所论者常也。《诗》之言，至以为人子而无父，人子而无父，犹可以推其质常乎？夫言性，亦常而已矣；无以常乎，则狂者蹈火而入河，亦可以为性也。越椒、叔鱼之事，徒闻之左丘明，丘明固不可信也。以言取人，孔子失之宰我；以貌，失之子羽。此两人者，其成人也，孔子闻朝夕与之居，以言、貌取之而失。彼其始生也，妇人者以声与貌定，而卒得之，妇人者独有过孔子者邪？

太　古

太古之人不与禽兽朋也几何？圣人恶之也，制作焉以别之。下而戾于后世，侈裳衣，壮宫室，隆耳目之观，以嚣天下。君臣、父子、兄弟、夫妇皆不得其所当然，仁义不足泽其性，礼乐不足锢其情，刑政不足网其恶，荡然复与禽兽朋矣。圣人不作，昧者不识所以化之之术，顾引而归之太古。太古之道果可行之万世，圣人恶用制作于其间？必制作于其间，为太古之不可行也。顾欲引而归之，是去禽兽而之禽兽，奚补于化哉？吾以为识治乱者，当言所以化之之术，曰归之太古，非愚则诬。

原 教

善教者藏其用，民化上而不知所以教之之源。不善教者反此，民知所以教之之源，而不诚化上之意。善教者之为教也，致吾义忠，而天下之君臣义且忠矣；致吾孝慈，而天下之父子孝且慈矣；致吾恩于兄弟，而天下之兄弟相为恩矣；致吾礼于夫妇，而天下之夫妇相为礼矣。天下之君君臣臣、父父子子、兄兄弟弟、夫夫妇妇，皆吾教也。民则曰："我何赖于彼哉？"此谓化上而不知所以教之之源也。不善教者之为教也，不此之务，而暴为之制，烦为之防，劬劬于法令诰戒之间，藏于府，宪于市，属民于鄙野，必曰臣而臣，

君而君，子而子，父而父，兄弟者无失其为兄弟也，夫妇者无失其为夫妇也。率是也有赏，不然则罪。乡间之师，族鄰之长，疏者时读，密者日告，若是其悉矣。顾有不服教而附于刑者，于是嘉石以惭之，圆土以苦之，甚者弃之于市朝，放之于裔末，卒不可以已也。此谓民知所以教之之源，而不诚化上之意也。善教者浃于民心，而耳目无闻焉，以道扰民者也。不善教者施于民之耳目，而求浃于心，以道强民者也。扰之为言，犹山薮之扰毛羽，川泽之扰鳞介也，岂有制哉？自然然耳。强之为言，其犹囿毛羽、沼鳞介乎，一失其制，脱然逝矣。噫！古之所以为古，无异焉，由前而已矣；今之所以不为古，无异焉，由后而已矣。

或曰：法令诰戒不足以为教乎？曰：法令诰戒，文也，吾云尔者，本也，失其本而求之文，吾不知其可也。

取 材

夫工人之为业也，必先淬砺其器用，抡度其材干，然后致力寡而用功得矣。圣人之于国也，必先遴柬其贤能，练核其名实，然后任使逸而事以济矣。故取人之道，世之急务也，自古守文之君，孰不有意于是哉？然其间得人者有之，失士者不能无焉，称职者有之，谬举者不能无焉。必欲得人称职，不失士，不谬举，宜如汉左雄所议诸生试家法、文吏课

笺奏为得矣。

所谓文吏者，不徒苟尚文辞而已，必也通古今，习礼法，天文人事，政教更张，然后施之职事，则以详平政体，有大议论，使以古今参之是也。所谓诸生者，不独取训习句读而已，必也习典礼，明制度，臣主威仪，时政沿袭，然后施之职事，则以缘饰治道；有大议论，则以经术断之是也。

以今准古，今之进士，古之文吏也；今之经学，古之儒生也。然其策进士，则但以章句声病，苟尚文辞，类皆小能者为之；策经学者，徒以记问为能，不责大义，类皆蒙鄙者能之。使通才之人或见赘于时，高世之士或见排于俗。故属文者至相戒曰："涉猎可为也，诬艳可尚也，于政事何为哉？”守经者曰：“传写可为也，诵习可勤也，于义理何取哉？”故其父兄勖其子弟，师长勖其门人，相为浮艳之作，以追时好而取世资也。何哉？其取舍好尚如此，所习不得不然也。若此之类，而当擢之职位，历之仕途，一旦国家有大议论，立辟雍明堂，损益礼制，更著律令，决谳疑狱，彼恶能以详平政体，缘饰治道，以古今参之，以经术断之哉？是必唯唯而已。

文中子曰：“文乎文乎，苟作云乎哉？必也贯乎道。学乎学乎，博诵云乎哉？必也济乎义。”故才之不可苟取也久矣，必若差别类能，宜少依汉之笺奏家法之义。策进士者，若曰邦家之大计何先，治人之要务何急，政教之利害何大，安边之计策何出，使之以时务之所宜言之，不直以章句声病累其心；策经学者，宜曰礼乐之损益何宜，天地之变化何如，礼器之制度何尚，各傅经义以对，不独以记问传写为能。然后署之甲乙以升黜之，庶其取舍之鉴灼于目前，是岂恶有用而事无用，辞逸而就劳哉？故学者不习无用之言，则业专而修矣，一心治道，则习贯而入矣。若此之类，施之朝廷，用之牧民，何向而不利哉？其他限年之议，亦无取矣。

兴 贤

国以任贤使能而兴，弃贤专己而衰。此二者必然之势，古今之通义，流俗所共知

耳。何治安之世有之而能兴，昏乱之世虽有之亦不兴？盖用之与不用之谓矣。有贤而用，国之福也，有之而不用，犹无有也。商之兴也有仲虺、伊尹，其衰也亦有三仁。周之兴也同心者十人，其衰也亦有祭公谋父、内史过。两汉之兴也有萧、曹、寇、邓之徒，其衰也亦有王嘉、傅喜、陈蕃、李固之众。魏、晋而下，至于李唐，不可遍举，然其间兴衰之世，亦皆同也。由此观之，有贤而用之者，国之福也，有之而不用，犹无有也，可不慎欤？

今犹古也，今之天下亦古之天下，今之士民亦古之士民。古虽扰攘之际，犹有贤能若是之众，况今太宁，岂曰无之？在君上用之而已。博询众庶，则才能者进矣；不有忌讳，则谠直之路开矣；不迩小人，则谗谀者自远矣，不拘文牵俗，则守职者辨治矣；不责人以细过，则能吏之志得以尽其效矣。苟行此道，则何虑不跨两汉、轶三代，然后践五帝、三皇之途哉！

委 任

人主以委任为难，人臣以塞责为重，任之重而责之重可也，任之轻而责之重不可也。愚无他识，请以汉之事明之。高祖之任人也，可以任则任，可以止则止。至于一人之身，才有长短，取其长则不问其短；情有忠伪，信其忠

则不疑其伪。其意曰："我以其人长于某事而任之，在它事虽短，何害焉？我以其人忠于我心而任之，在它人虽伪，何害焉？"故萧何刀笔之吏也，委之关中，无复西顾之忧。陈平亡命之虏也，出捐四万余金，不问出入。韩信轻猾之徒也，与之百万之众而不疑。是三子者，岂素著忠名哉？盖高祖推己之心而置于其心，则它人不能离间，而事以济矣。

后世循高祖则鲜有败事，不循则失。故孝文虽爱邓通，犹逞申屠之志；孝武不疑金、霍，终定天下大策。当是时，守文之盛者，二君而已。元、成之后则不然，虽有何武、王嘉、师丹之贤，而胁于外戚竖宦之宠，牵于帷嫱近习

之制，是以王道寝微，而不免负谤于天下也。中兴之后，唯世祖能驭大臣，以寇、邓、耿、贾之徒为任职，所以威名不减于高祖。至于为子孙虑则不然，反以元、成之后，三公之任，多胁于外戚竖宦、帷嫱近习之人而致败，由是置三公之任，而事归台阁，以虚尊加之而已。然而台阁之臣，位卑事冗，无所统一，而夺于众多之口，此其为胁外戚竖宦、帷嫱近习者愈矣。至于治有不进，水旱不时，灾异或起，则曰三公不能燮理阴阳而策免之，甚者至于诛死，岂不痛哉！冲、质之后，桓、灵之间，因循以故事。虽有李固、陈蕃之贤，皆挫于阉寺之手，其余则希世用事，全躯而已，何政治之能立哉？

此所谓任轻责重之弊也。

噫！常人之性，有能有不能，有忠有不忠，知其能则任之重可也，谓其忠则委之诚可也。委之诚者，人亦输其诚；任之重者，人亦荷其重。使上下之诚相照，恩结于其心，是岂禽息鸟视而不知荷恩尽力哉？故曰：不疑于物，物亦诚焉。且苏秦不信天下，为燕尾生，此一苏秦倾侧数国之间，于秦独以然者，诚燕君厚之之谓也。故人主以狗彘畜人者，人亦狗彘其行；以国士待人者，人亦国士自奋。故曰：常人之性，有能有不能，有忠有不忠，顾人君待之之意何如耳。

知 人

贪人廉，淫人洁，佞人直，非终然也，规有济焉尔。王莽拜侯，让印不受；假僭皇命，得玺而喜，以廉济贪者也。晋王广求为家嗣，管弦遏密，尘埃被之，陪扆未几，而声色丧邦，以洁济淫者也。郑注开陈治道，激昂言辞，君民翕然，倚以致平，卒用奸败，以直济佞者也。於戏！“知人则哲，惟帝其难之”，古今一也。

伤仲永

金溪民方仲永，世隶耕。仲永生五年，未尝识书具，忽啼求之。父异焉，借旁近与之，即书诗四句，并自为其名。其诗以养父母、收族为意，传一乡秀才观之。自是指物作诗立就，其文理皆有可观者。邑人奇之，稍稍宾客其父，或以钱币乞之，父利其然也，日扳仲永环丐于邑人，不使学。

予闻之也久，明道中，从先人还家，于舅家见之，十二三矣。令作诗，不能称前时之闻。又七年，还自扬州，复到舅家，问焉。曰："泯然众人矣。"

王子曰：仲永之通悟，受之天也。其受之天也，贤于材人远矣。卒之为众人，则其受于人者不至也。彼其受之天也，如此其贤也，不受之人，且为众人。今夫不受之天，固众人，又不受之人，得为众人而已邪！

同学一首别子固

江之南有贤人

焉，字子固，非今所谓贤人者，予慕而友之。淮之南有贤人焉，字正之，非今所谓贤人者，予慕而友之。二贤人者，足未尝相过也，口未尝相语也，辞币未尝相接也。其师若友，岂尽同哉？予考其言行，其不相似者，何其少也！曰：“学圣人而已矣。”学圣人，则其师若友，必学圣人者。圣人之言行岂有二哉？其相似也适然。予在淮南，为正之道子固，正之不予疑也。还江南，为子固道正之，子固亦以为然。予又知所谓贤人者，既相似，又相信不疑也。

子固作《怀友》一首遗予，其大略欲相扳以至乎中庸而后已。正之盖亦常云尔。夫安驱徐行，辚中庸之庭，而造于其堂，舍二贤人者而谁哉？予昔非敢自必有至也，亦愿从事于左右焉尔。辅而进之，其可也。噫！官有守，私有系，会合不可以常也，作《同学一首别子固》，以相警且相慰云。

读《孟尝君传》

世皆称孟尝君能得士，士以故归之，而

卒赖其力以脱于虎豹之秦。嗟乎！孟尝君特鸡鸣狗盗之雄耳，岂足以言得士？不然，擅齐之强，得一士焉，宜可以南面而制秦，尚何取鸡鸣狗盗之力哉？夫鸡鸣狗盗之出其门，此士之所以不至也。

读《柳宗元传》

余观八司马，皆天下之奇材也，一为叔文所诱，遂陷于不义。至今士大夫欲为君子者，皆羞道而喜攻之。然此八人者既困矣，无所用于世，往往能自强，以求列于后世，而其名卒不废焉。而所谓欲为君子者，吾多见其初而已，要其终，能毋与世俯仰以自别于小人者少耳！复何议彼哉？

《孔子世家》议

太史公叙帝王则曰“本纪”，公侯传国则曰“世家”，公卿特起则曰“列传”，此其例也。其列孔子为世家，奚其进退无所据耶。孔子，旅人也，栖栖衰季之世，无尺土之柄，此列之以传宜

矣，曷为世家哉？岂以仲尼躬将圣之资，其教化之盛，舄奕万世，故为之世家以抗之？又非极挚之论也。夫仲尼之才，帝王可也，何特公侯哉？仲尼之道，世天下可也，何特世其家哉？处之世家，仲尼之道不从而大；置之列传，仲尼之道不从而小。而迁也自乱其例，所谓多所抵牾者也。

回苏子瞻简

某启：承诲喻累幅，知尚盘桓江北，俯仰逾月，岂胜感怅！得秦君诗，手不能舍，叶致远适见，亦以为清新妩丽，与鲍、谢似之，不知公意如何？余卷正冒眩，尚妨细读，尝鼎一脔，旨可知也。公奇秦君，数口之不置，吾又获诗，手之不

舍。然闻秦君尝学至言妙道，无乃笑我与公嗜好过乎？未相见，跋涉自爱，书不宣悉。

答曾子固书

某启：久以疾病不为问，岂胜乡往！前书疑子固于读经有所不暇，故语及之。连得书，疑某所谓经者，佛经也，而教之以佛经之乱俗。某但言读经，则何以别于中国圣人之经？子固读吾书每如此，亦某所以疑子固于读经有所不暇也。然世之不见全经久矣，读经而已，则不足以知经。故某自百家诸子之书，至于《难经》《素问》《本草》、诸小说无所不读，农夫、女工无所不问，然后于经为能知其大体而无疑。盖后世学者，与先王之时异矣，不如是不足以尽圣人故也。扬雄虽为不好非圣人之书，然于墨、晏、邹、庄、申、韩，亦何所不读？彼致其知而后读，以有所去取，故异学不能乱也。惟其不能乱，故能有所去取者，所以明吾道而已。子固视吾所知为尚可以异学乱之者乎？非知我也。方今乱俗不在于佛，乃在于学士大夫沉没利欲，以言相尚，不知自治而已。子固以为如何？苦寒，比日侍奉万福，自爱！

与王逢原书

某顿首逢原足下：比得足下于客食中，窘窘相造谢，不能取一日之闲，以与足下极所欲语者，而舟即东矣。间阅足下之诗，窃有疑焉，不敢不以告。

足下诗有“叹苍生垂泪”之说。夫君子之于学也，固有志于天下矣。然先吾身而后吾人，吾身治矣，而人之治不治，系吾得志与否耳。身犹属于命，天下之治，其可以不属于命乎？得于行而不得于知，吾耻之也；得于知而不得于行，吾不恤也，尽吾性而已。孔子曰：“不知命，无以为君子。”又曰：“道之将行也欤？命也；道之将废也欤？命也。”孔子之说如此。而或以为君子之学，汲汲以忧世者，惑也。惑于此而进退之行不得于孔子者，有之矣，故有孔子不暇暖席之说。韩子亦以为言。吾独以圣人之心未始有忧。有难予者曰：“然则圣人忘天下矣？”曰：“是不忘天下也。”《否》之《象》曰：“君子以俭德避难，不可荣以禄。”《初六》曰：“拔茅茹以其汇，正吉。”《象》曰：“拔茅正吉，志在君也。”“在君”者，不忘天下也。“不可荣以禄”者，知命也。吾虽不忘天下，而命不可必合，忧之其能合乎？《易》曰“遁世无闷”“乐天知命”是也。《诗》三百，如《柏舟》《北门》之类，有忧也。然仕于其时而不得其志，不得以不忧也。仕不在于天下国家，与夫不仕者，未始有忧，《君子阳阳》《考槃》之类是也。借有忧者，不能夺圣人不忧之说。《诗》者，非一人之辞也。出诸国之贤者，则道不能尽轨于圣人也宜矣。然汲汲以忧世事，孔子固有取而不为也。孟子曰："伊尹视天下匹夫匹妇有不被其泽者，若己推而纳之沟中。”可谓忧天下也。然汤聘之，犹嚣嚣然曰：“我处畎亩之间，以乐尧、舜之道。”岂如彼所谓忧天下者，仆仆自枉，而幸售其道哉？然其赞孔子曰：“可以仕则仕，可以止则止。率皆圣人也，乃吾所愿，则学孔子也。”又论禹、稷、颜回同道曰：“乡邻有斗者，被发缨冠而救之，则惑也。”今穷于下，而曰“我忧天下”，至于恸哭者，无乃近救乡邻之事乎？孔子所以极其说于知命不忧者，欲人知治乱有命，而进不可以苟，则先王之道得伸也。噫！且以七十子之贤，亲由于孔子之时，独曰：“用之则行，舍之则藏。”惟颜回有是说，况去圣人久，而私力于学者耶？孔子论圣人有先后矣，学者知其然，则宜法孔子，安可慕其所慕而已乎？世有能谕知命之说，而不能重进退者有矣。由知及之，仁不能守之也，始得足下文，特爱足下之才耳。既而见足下衣刓履缺，坐而语，未尝及己之穷；退而询足下，终岁食不荤，不以铢忽妄售于人；世之自立如足下者有几？吾以谓知及之仁又能守之，故以某之所学报足下。荀子曰：“途之人可以为禹。”以足下之才行，仆安敢不以孔子之道友足下乎？不宣。安石顿首。

与丁元珍书

某顿首。过广曾欲作书，遣人奉调动止，以有故亟归，是以虽作书而不果遣。辱教，承知屡赐问，然不得也。亦尝附状，何为皆不至乎？曹振佳士，已为发令状。如此人，虽微元珍之教，固不敢失，况重以元珍之见喻乎？前书已报左右，恐不到，故复以闻。求郡固且止，甚荷见教。然某之所请，不为无辞。若执政不察，直以为罪，则某何敢解免？如欲尽其辞，而然后加之罪，则某事固有本末，非今日苟然欲避烦劳而求佚也。古者一道德以同俗，故士有揆古人之所为以自守，则人无异论。今家异道，人殊德，士之欲自守者，又牵于末俗之势，不得事事如古，则人之异论，可悉弭乎？要当择其近于礼义而无大遗者取之耳。不审足下终将何以为仆谋哉？秋冷，自爱重之。望冬

间复到广州，冀或一邀从者，为境上之会，不审可求檄来否耳。不宣。

上杜学士言开河书

十月十日，谨再拜奉书运使学士阁下：某愚不更事物之变，备官节下，以身得察于左右，事可施设，不敢因循苟简，以孤大君子推引之意，亦其职宜也。

鄞之地邑，跨负江海，水有所去，故人无水忧。而深山长谷之水，四面而出，沟渠浍川，十百相通。长老言钱氏时置营田吏卒，岁浚治之，人无旱忧，恃以丰足。营田之废，六七十年，吏者因循，而民力不能自并，向之渠川，稍稍浅塞，山谷之水，转以入海而无所潴。幸而雨泽时至，田犹不足于水，方夏历旬不雨，则众川之涸，可立而须。故今之邑民最独畏旱，而旱辄连年。是皆人力不至，而非岁之咎也。

某为县于此，幸岁大穰，以为宜乘人之有余，及其暇时，大浚治川渠，使有所潴，可以无不足水之患。而无老壮稚少，亦皆惩旱之数，而幸今之有余力，闻之翕然，皆劝趋之，无敢爱力。夫小人可与乐成，难与虑始，诚有大利，犹将强之，况其所愿欲哉？窃以为此亦执事之所欲闻也。

伏惟执事聪明辨智，天下之事，小之为无间，大之为无崖岸，悉已讲而明之矣，而又导利去害，汲汲若不足。夫此最长民之吏当致意者，故辄具以

闻州，州既具以闻执事矣。顾其厝事之详，尚不得彻，辄复条件其详以闻。唯执事少留聪明。有所未安，教而勿诛。幸甚。

与马运判书

运判阁下：比奉书，即蒙宠答，以感以怍，且承访以所闻，何阁下逮下之周也！尝以谓方今之所以穷空，不独费出之无节，又失所以生财之道故也。富其家者资之国，富其国者资之天下，欲富天下，则资之天地。盖为家者，不为其子生财，有父之严而子富焉，则何求而不得？今阖门而与其子市，而门之外莫入焉，虽尽得子之财，犹不富也。盖近世之言利虽善矣，皆有国者资天下之术耳，直相市于门之内而已，此其所以困与？在阁下之明，宜已尽知，当患不得为耳。不得为，则尚何赖于不肖者之言耶？

今岁东南饥馑如此，汴水又绝，其经画固劳心。私窃度之，京师兵食宜窘，薪刍百谷之价亦必踊，以谓宜料畿兵之驽怯者就食诸郡，可以舒漕挽之急。古人论天下之兵，以为犹人之血脉，不及则枯，聚则疽，分使就食，亦血脉流通之势也。傥可上闻行之否？

上人书

尝谓文者，礼教治政云尔。其书诸策而传之人，大体归然而已。而曰“言之不文，行之不远”云者，徒谓“辞之不可以已也”，非圣人作文之本

意也。

自孔子之死久，韩子作，望圣人于百千年中，卓然也。独子厚名与韩并。子厚非韩比也。然其文卒配韩以传，亦豪杰可畏者也。韩子尝语人文矣，曰云云，子厚亦曰云云。疑二子者徒语人以其辞耳，作文之本意，不如是其已也。孟子曰："君子欲其自得之也。自得之则居之安，居之安则资之深，资之深则取之左右逢其源。”独谓孟子之云尔，非直施于文而已，然亦可托以为作文之本意。

且所谓文者，务为有补于世而已矣。所谓辞者，犹器之有刻镂绘画也。诚使巧且华，不必适用；诚使适用，亦不必巧且华。要之以适用为本，以刻镂绘画为之容而已。不适用，非所以为器也。不为之容，其亦若是乎否也？然容亦未可已也，勿先之，其可也。

某学文久，数挟此说以自治。始欲书之策而传之人，其试于事者，则有待矣。其为是非邪，未能自定也。执事正人也，不阿其所好者。书杂文十篇献左右，愿赐之教，使之是非有定焉。

上田正言书

正言执事：某五月还家，八月抵官。每欲介西北之邮布一书，道区区之怀，辄以事废。扬，东南之吭也，舟舆至自汴者，日十百数，因得问汴事与执事息耗甚详。其间荐绅道执事介然立朝，无所跛倚，甚盛甚盛！顾犹有疑执事者，虽某亦然。某之学也，执事诲之；进也，执事奖之。执事知某不为浅矣。有疑焉不以闻，何以偿执事之知哉？

初，执事坐殿庑下，对方正策，指斥天下利害，奋不讳忌。且曰：“愿陛下行之，无使天下谓制科为进取一途耳！”方此时，窥执事意，岂若今所谓举方正者猎取名位而已哉？盖曰行其志云尔。今联谏官，朝夕耳目天子行事，即一切是非，无不可言者。欲行其志，宜莫若此时。国之疵、民之病亦多矣，执事亦抵职之日久矣。向之所谓疵者，今或痤然若不可治矣；向之所谓病者，今或瘝然若不可起矣。曾未闻执事建一言寤主上也。何向者指斥之切而今之疏也？岂向之利于言而今之言不利邪？岂不免若今之所谓举方正者猎取名位而已邪？人之疑执事者以此。为执事解者，或曰：“造辟而言，诡辞而出。疏贱之人，奚遽知其微哉？”是不然矣。《传》所谓造辟而言者，乃其言则不可得而闻也，其言之效，则天下斯见之矣。今国之疵、民之病，有滋而无损焉，乌所谓言之效邪？复有为执事解者曰："盖造辟而言之矣，如不用何？"是又不然。臣之事君，三谏不从则去之，礼也。执事对策时，常用是著于篇。今言之而不从，亦当不翅三矣。虽惓惓之义，未能自去。孟子不云乎："有言责者，不得其言则去。"盍亦辞其言责邪？执事不能自免于疑也必矣。虽坚强之辩，不能为执事解也。

乃如某之愚，则愿执事不矜宠利，不惮诛责，一为天下昌言，以寤主上；起民之病，治国之疵，蹇蹇一心，如对策时，则人之疑不解自判矣。惟执事念之。如其不然，愿赐教答，不宣。某顿首。

答司马谏议书

某启：昨日蒙教，窃以为与君实游处相好之日久，而议事每不合，所操之术多异故也。虽欲强聒，终必不蒙见察，故略上报，不复一一自辩。重念蒙君实视遇厚，于反复不宜卤莽，故今具道所以，冀君实或见恕也。

盖儒者所争，尤在于名实。名实已明，而天下之理得矣。今君实所以见教者，以为侵官、生事、征利、拒谏，以致天下怨谤也。某则以谓受命于人主，议法度而修之于朝廷，以授之于有司，不为侵官；举先王之政，以兴利除弊，不为生事；为天下理财，不为征利；辟邪说，难壬人，不为拒谏。至于怨诽之多，则固前知其如此也。

人习于苟且非一日，士大夫多以不恤国事、同俗自媚于众为善。上乃欲变此，而某不量敌之众寡，欲出力助上以抗之，则众何为而不汹汹然？盘庚之迁，胥怨者民也，非特朝廷士大夫而已。盘庚不罪怨者，亦不改其度。盖度义而后动，是而不见可悔故也。如君实责我以在位久，未能助上大有为，以膏泽斯民，则某知罪矣；如曰今日当一切不事事，守前所为而已，则非某之所敢知。无由会晤，不任区区向往之至。

答段缝书

段君足下：某在京师时，尝为足下道曾巩善属文，未尝及其为人也。还江南，始熟而慕焉友之，又作文粗道其行。惠书以所闻诋巩行无纤完，其居家，亲友惴畏焉，怪某无文字规巩，见谓有党。果哉，足下之言也！巩固不然。巩文学论议，在某交游中，不见可敌。其心勇于适道，殆不可以刑祸利禄动也。父在困厄中，左右就养无亏行，家事铢发以上皆亲之。父亦爱之甚，尝曰：“吾宗敝，所赖者此儿耳。”此某之所见也。若足下所闻，非某之所见也。巩在京师，避兄而舍，此虽某亦罪之也，宜足下之深攻之也。于罪之中有足矜者，顾不可以书传也。事固有迹，然而情不至是者，如不循其情而诛焉，则谁不可诛耶？巩之迹固然耶，然巩为人弟，于此不得无过。但在京师时，未深接之，还江南，又既往不可咎，未尝以此规之也。巩果于从事，少许可，时时出于中道，此则还江南时尝规之矣。巩闻之，辄矍然。巩固有以教某也。其作《怀友》书两通，一自藏，一纳某家，皇皇焉求相切劘，以免于悔者略见矣。尝谓友朋过差，未可以绝，固且规之。规之从则已；固且为文字自著见然后已邪，则未尝也。凡巩之行，如前之云，其既往之过，亦如前之云而已，岂不得为贤者哉？

天下愚者众而贤者希，愚者固忌贤者，贤者又自守，不与愚者合，愚者加怨焉。挟忌怨之心，则无之焉而不谤，君子之过于听者，又传而广之，故贤者常多谤，其困于下者尤甚，势不足以动俗，名实未加于民，愚者易以谤，谤易以传也。凡道巩之云云者，固忌怨固过于听者也。家兄未尝亲巩也，顾亦过于听耳。足下乃欲引忌者、怨者、过于听者之言，县断贤者之是非，甚不然也。孔子曰：“众好之，必察焉；众恶之，必察焉。”孟子曰：“国人皆曰可杀，未可也，见可杀焉，然后杀之。”匡章，通国以为不孝，孟子独礼貌之以为孝。孔、孟所以为孔、孟者，为其善自守，不或于众人也。如或于众人，亦众人耳，乌在其为孔、孟也。足下姑自重，毋轻议巩。

上邵学士书

仲详足下：数日前辱示乐安公诗石本及足下所撰《复鉴湖

记》，启封缓读，心目开涤，词简而精，义深而明，不候按图而尽越绝之形胜，不候入国而熟贤牧之爱民，非夫诚发乎文，文贯乎道，仁思义色，表里相济者，其孰能至于此哉？因环列书室，且欣且庆，非有厚也，公义之然也。

某尝悉近世之文，辞弗顾于理，理弗顾于事，以襞积故实为有学，以雕绘语句为精新，譬之撷奇花之英，积而玩之，虽光华馨香，鲜缛可爱，求其根柢济用，则蔑如也。某幸观乐安、足下之所著，譬犹笙磬之音，圭璋之器，有节奏焉，有法度焉，虽庸耳必知雅正之可贵、温润之可宝也。仲尼曰："有德必有言。""德不孤，必有邻。"其斯之谓乎？昔昌黎为唐儒宗，得子婿李汉，然后其文益振，其道益大。今乐安公懿文茂行，超越朝右，复得足下以宏识清议，相须光润。苟力而不已，使后之议者必曰：“乐安公，圣宋之儒宗也，犹唐之昌黎而勋业过之。”又曰：“邵公，乐安公之婿也，犹昌黎之李汉而器略过之。”则韩、李、蒋、邵之名，各齐驱并骤，与此金石之刻不朽矣。所以且欣且庆者，在于兹焉。

郡庠拘率，偶足下有西笑之谋，未获亲交谈议，聊因手书以道钦谢之意，且贺乐安公之得人也。

上富相公书

某不肖，当朝廷选用才能、修立法度之时，不以罪废，而蒙器使，此其幸固已多矣。某窃自度，守一州尚不足以胜任，任有大于一州者，固知其不胜也。自被使江东，夙夜震恐，思得脱去。非独为私计，凡以此也。三司判官，尤朝廷所选择，出则被使漕运，而金谷之事，某平生所不习，此所以蒙恩反侧，而不敢冒也。

惟不肖常得出入门下，蒙眷遇为不浅矣。

平居不敢具书，以勤左右之观省，幸缘恩惠所及，敢布其私心，诚望阁下哀其忠诚，载赐一州，处幽闲之区，寂寞之滨。其治民，非敢谓能也，庶几地闲事少，夙夜悉心力，易以塞责，而免于官谤也。若夫私养之势，不便于京师，固尝屡以闻朝廷，而熟于左右者之听矣。今兹蒙恩厚赐禄多，岂宜复言私计不便乎？虽然，所辞者才力所不能，而所愿犹未安理分也。亦冀阁下哀之。

上欧阳永叔书一

今日造门，幸得接余论，以坐有客，不得毕所欲言。某所以不愿试职者，向时则有婚嫁葬送之故，势不能久处京师。所图甫毕，而二兄一嫂相继丧亡。于今窘迫之势，比之向时为甚。若万一幸被馆阁之选，则于法当留一年，藉令朝廷怜闵，不及一年，即与之外任，则人之多言，亦甚可畏。若朝廷必复召试，某亦必以私急固辞。窃度宽政，必蒙矜允。然召旨既下，比及辞而得请，则所求外补，又当迁延矣。亲老口众，寄食于官舟而不得躬养，于今已数月矣。早得所欲，以纾家之急，此亦仁人宜有以相之也。

翰林虽尝被旨与某试，然某之到京师，非诸公所当知。以今之体，须某自言，或有司以报，乃当施行前命耳。万一理当施行，遽为罢之，于公义似未有害，某私计为得，窃计明公当不惜此。区区之意，不可以尽，唯仁明怜察而听从之。

上欧阳永叔书二

某以不肖，愿趋走于先生长者之门久矣。初以疵贱，不能自通。阁下亲屈势位之尊，忘名德之可以加人，而乐与之为善。顾某不肖，私门多故，又奔走职事，不得继请左右。及此蒙恩出守一州，愈当远去门墙，不闻议论之余，私心眷眷，何可以处。道途遭回，数月始至敝邑，以事之纷扰，未得具启，以叙区区向往之意。

过蒙奖引，追赐诗书，言高旨远，足以为学者师法。惟褒被过分，非先进大人所宜施于后进之不肖，岂所谓诱之欲其至于是乎？虽然，惧终不能以上副也。辄勉强所乏，以酬盛德之贶，非敢言诗也。惟赦其僭越，幸甚。

与刘原父书

辱手教勤勤，尤感愧，伏承动止万福，又良慰也。河役之罢，以转运赋功本狭，与雨淫不止，督役者以病告，故止耳。昔梁王堕马，贾生悲哀；泔鱼伤人，曾子涕泣。今劳人费财于前，而利不遂于后，此某所以恨愧无穷也。

若夫事求遂，功求成，而不量天时人力之可否，此某所不能，则论某者之纷纷，岂敢怨哉？阁下乃以初不能无意为有憾，此非某之所敢闻也。方今万事所以难合而易坏，常以诸贤无意耳，如鄙宗夷甫辈稍稍骛于世矣。仁圣在上，故公家元海未敢踧扈耳。阁下论为世师，此虽戏言，愿勿广也。前月被使江东，朝夕当走左右，自余须面请。

与祖择之书

治教政令，圣人之所谓文也。书之策，引而被之天下之民，一也。圣人之于道也，盖心得之，作而为治教政令也，则有本末先后，权势制义，而一之于极。其书之策也，则道其然而已矣。彼陋者不然，一适焉，一否焉，非流焉则泥，非过焉则不至。甚者置其本，求之末，当后者反先之，无一焉不悖于极。彼其于道也，非心得之也，其书之策也，独能不悖耶？故书之策而善，引而被之天下之民反不善焉，无矣。二帝、三王，引而被之天下之民而善者也；孔子、孟子书之策而善者也，皆圣人也，易地则皆然。

某生十二年而学，学十四年矣。圣人之所谓文者，私有意焉，书之策，则未也。间或悱然动于事而出于词，以警戒其躬。若施于友朋，褊迫陋卑，非敢谓之文也。乃者执事欲收而教之，使献焉，虽自知明，敢自盖邪？谨书所为书、序、原、说若干篇，因叙所闻与所志献左右，惟赐览观焉。

请杜醇先生入县学书

人之生久矣，父子、夫妇、兄弟、宾客、朋友其伦也。孰持其伦？礼乐、刑政、文物数制事为其具也。其具孰持之？为之君臣，所以持之也。君不得师，则不知所以为君；臣不得师，则不知所以为臣。为之师，所以并持之也。君不知所以为君，臣不知所以为臣，人之类其不相贼杀以于尽者，非幸欤？信乎其为师之重也。

古之君子，尊其身，耻在舜下。虽然，有鄙夫问焉而不敢忽，敛然后其身似不及者，有归之以师之重而不辞，曰：“天之有斯道，固将公之，而我先得之，得之而不推余于人，使同我所有，非天意，且有所不忍也。”

某得县于此逾年矣，方因孔子庙为学，以教养县子弟，愿先生留听而赐临之，以为之师，某与有闻焉。伏惟先生不与古之君子者异意也，幸甚。

答王景山书

某愚不量力，而唯古人之学，求友于天下久矣。闻世之文章者，辄求而不置，盖取友不敢须臾忽也，其意岂止于文章耶？读其文章，庶几得其志之所存。其文是也，则又欲求其质，是则固将取以为友焉。故闻足下之名，亦欲得足下之文章以观。不图不遗而惠赐之，又语以见存之意。幸甚幸甚！书称欧阳永叔、尹师鲁、蔡君谟诸君，以见比此数公。今之所谓贤者，不可以某比。足下又以江南士大夫为能文者，而李泰伯、曾子固豪士，某与纳焉。江南士大夫良多，度足下不遍识，安知无有道与艺，闭匿不自见于世者乎？特以二君概之，亦不可也。

况如某者，岂足道哉？恐伤足下之信，而又重某之无状，不敢当而有也。孔子曰："十室之邑，必有忠信如丘者。"圣人之言如此，唯足下思之而已。闻将东游，它语须面尽之。

答龚深父书

某得手笔，感慰，尤喜侍奉万福。所示王深父事甚晓。然不为小廉曲谨以投众人耳目，而趣舍必度于仁义，是乃深父所以合于古人，而众人所以不识深父者也。言之于深父何病？

扬雄亦用心于内，不求于外，不修廉隅以徼名当世。故某以谓深父于为雄，几可以无悔。扬雄者，自孟轲以来未有及之者。但后世士大夫，多不能深考之尔。孟轲，圣人也。贤人则其行不皆合于圣人，特其智足以知圣人而已。故某以谓深父其知能知轲，其于为雄几可以无悔。扬雄之仕，合于孔子“无不可”之义，奈何欲非之乎？若以深父不仕为过于雄，则自雄以来，能不仕者多矣，岂皆能过于雄乎？若以深父之不仕为与雄异，则孟子称禹、稷、颜回同道。深父之于为雄，其以强学力行之所至，仕不仕，特其所遭义命之不同，未可以议于此。

深父，吾友也，言其美，尤不敢略，亦不敢诬，所以致忠信于吾友。然以久废学，恐所论尚不中，不惜更详喻及也。

答徐绛书

某启：某鄙朴，未

尝得邂逅，而蒙以书辱于千里之远，固已幸甚。足下求免于今之世，而求合于古之人，不以问世之能言，而欲有取于不肖，此某之所以难于对也。

自生民以来，为书以示后世者，莫深于《易》。《易》之所为作，不出足下之所求。文王以伏羲为未足以喻世也，故从而为之辞。至于孔子之有述也，盖又以文王为未足。此皆聪明睿智，天下至神，然尚于此不能以一言尽之，而患其喻之难也。况以区区之中材，而遇变故之无穷，其能皆有所合而卒以自免乎？虽能有所合而有以自免，其可以《易》言而遽晓乎？此某夙夜勉焉而惧终不及者也，其能遽有以进左右者乎？

然学者患其志之

不同，而有志者欲其为之不已，某与足下幸志同矣。如为之不已，他日邂逅，得各讲其所闻，择其可以守之，庶其卒将有得焉。盖古之人，其成未尝不以友者，此亦区区有望于君子也。

答曾公立书

某启：示及青苗事。治道之兴，邪人不

利，一兴异论，群聋和之，意不在于法也。孟子所言利者，为利吾国、利吾身耳。至狗彘食人则检之，野有饿莩则发之，是所谓政事。政事所以理财，理财乃所谓义也。一部《周礼》，理财居其半，周公岂为利哉？奸人者因名实之近，而欲乱之，眩惑上下，其如民心之愿何？始以为不请，而请者不可遏；终以为不纳，而纳者不可却。盖因民之所利而利之，不得不然也。然二分不及一分，一分不及不利而贷之，贷之不若与之。然不与之而必至于二分者，何也？为其来日之不可继也。不可继则是惠而不知为政，非惠而不费之道也，故必贷。然而有官吏之俸，辇运之费，水旱之逋，鼠雀之耗，而必欲广之，以待其饥不足而直与之也，则无二分之息可乎？则二分者，亦常平之中正也，岂可易哉？公立更与深于道者论之，则某之所论无一字不合于法，而世之𫍲𫍲者，不足言也。因书示及，以为如何？

虔州学记

虔于江南地最旷，

大山长谷，荒翳险阻，交、广、闽、越铜盐之贩，道所出入，椎埋、盗夺、鼓铸之奸，视天下为多。庆历中，尝诏立学州县，虔亦应诏，而卑陋褊迫不足为美观。州人欲合私财迁而大之久矣。然吏尝力屈于听狱，而不暇顾此，凡二十一年，而后改筑于州所治之东南，以从州人之愿。盖经始于治平元年二月，提点刑狱宋城蔡侯行州事之时，而考之以十月者，知州事钱塘元侯也。二侯皆天下所谓才吏，故其就此不劳，而斋祠、讲说、候望、宿息，以至庖湢，莫不有所。又斥余财市田及书，以待学者，内外完善矣。于是州人相与乐二侯之适己，而来请文，以记其成。

余闻之也，先王

所谓道德者，性命之理而已。其度数在乎俎豆、钟鼓、管弦之间，而常患乎难知，故为之官师，为之学，以聚天下之士，期命辩说，诵歌弦舞，使之深知其意。夫士，牧民者也。牧知地之所在，则彼不知者驱之尔。然士学而不知，知而不行，行而不至，则奈何？先王于是乎有政矣。夫政，非为劝沮而已也。然亦所以为劝沮。故举其学之成者，以为卿大夫。其次虽未成而不害其能至者，以为士，此舜所谓庸之者也。若夫道隆而德骏者，又不止此，虽天子，北面而问焉，而与之迭为宾主，此舜所谓承之者也。蔽陷畔逃，不可与有言，则挞之以诲其过，书之以识其恶，待之以岁月之久而终不

化，则放弃杀戮之刑随其后，此舜所谓威之者也。盖其教法，德则异之以智、仁、圣、义、忠、和，行则同之以孝、友、睦、姻、任、恤，艺则尽之以礼、乐、射、御、书、数。淫言诐行诡怪之术，不足以辅世，则无所容乎其时。而诸侯之所以教，一皆听于天子，天子命之矣，然后兴学。命之历数，所以时其迟速；命之权量，所以节其丰杀。命不在是，则上之人不以教，而为学者不道也。士之奔走、揖让、酬酢、笑语、升降，出入乎此，则无非教者。高可以至于命，其下亦不失为人用。其流及乎既衰矣，尚可以鼓舞群众，使有以异于后世之人。故当是时，妇人之所能言，童子之所可知，有后世老

师宿儒之所惑而不悟者也；武夫之所道，鄙人之所守，有后世豪杰名士之所惮而愧之者也。尧、舜、三代，从容无为，同四海于一堂之上，而流风余俗咏叹之不息，凡以此也。

周道微，不幸而有秦。*君臣莫知屈己以学，而乐于自用，其所建立悖矣，而恶夫非之者。乃烧《诗》*

《书》，杀学士，扫除天下之庠序，然后非之者愈多，而终于不胜，何哉？先王之道德，出于性命之理，而性命之理出于人心。《诗》《书》能循而达之，非能夺其所有而予之以其所无也。经虽亡，出于人心者犹在，则亦安能使人舍己之昭昭，而从我于聋昏哉？然是心非特秦也，当孔子时，既有

欲毁乡校者矣。盖上失其政，人自为义，不务出至善以胜之，而患乎有为之难，则是心非特秦也。墨子区区，不知失者在此，而发“尚同”之论，彼其为愚，亦独何异于秦？

呜呼！道之不一久矣。扬子曰：“如将复驾其所说，莫若使诸儒金口而木舌。”盖有意乎辟雍学校之事，善乎其言！虽孔子

出，必从之矣。今天子以盛德新即位，庶几能及此乎？今之守吏，实古之诸侯，其异于古者，不在乎施设之不专，而在乎所受于朝廷未有先王之法度；不在乎无所于教，而在乎所以教未有以成士大夫仁义之材。

虔虽地旷以远，得所以教，则虽悍昏嚚凶，抵禁触法而不悔者，亦将有以聪明其

耳目而善其心，又况乎学问之民？故余为书二侯之绩，因道古今之变及所望乎上者，使归而刻石焉。

度支副使厅壁题名记

三司副使，不书前人姓名。嘉祐五年，尚书户部员外郎吕君冲之始稽之众史，而自李纮已上至查道，得其名，自杨偕已上，得其官，自郭劝已下，又得其在事之岁时，于是书石而镵之东壁。

夫合天下之众者财，理天下之财者法，守天下之法者吏也。吏不良，则有法而莫守；法不善，则有财而莫理。有财而莫理，则阡陌闾巷之贱人，皆能私取予之势，擅万物之利，以与人主争黔首，而放其无穷之欲，非必贵强桀大则

后能。如是而天子犹为不失其民者，盖特号而已耳。虽欲食蔬衣弊，憔悴其身，愁思其心，以幸天下之给足而安吾政，吾知其犹不得也。然则善吾法，而择吏以守之，以理天下之财，虽上古尧、舜犹不能毋以此为先急，而况于后世之纷纷乎！

三司副使，方今之大吏，朝廷所以尊宠

之甚备。盖今理财之法，有不善者，其势皆得以议于上而改之。非特当守成法，吝出入，以从有司之事而已。其职事如此，则其人之贤不肖，利害施于天下如何也？观其人，以其在事之岁时，以求其政事之见于今者，而考其所以佐上理财之方，则其人之贤不肖，与世之治否，吾可以坐而得矣。此盖吕君之志也。

石门亭记

石门亭在青田县若干里，令朱君为之。石门者，名山也，古之人咸刻其观游之感概，留之山中，其石相望。君至而为亭，悉取古今之刻立之亭中，而以书与其甥之婿王，使记其作亭之意。

夫所以作亭之

意，其直好山乎？其亦好观游眺望乎？其亦于此问民之疾忧乎？其亦燕闲以自休息于此乎？其亦怜夫人之刻暴剥偃踣而无所庇障且泯灭乎？夫人物之相好恶必以类。广大茂美，万物附焉以生，而不自以为功者，山也；好山，仁也。去郊而适野，升高以远望，其中必有概然者。《书》不云乎：“予耄逊于荒。”《诗》不云乎：“驾言出游，以写我忧。”夫环顾其身无可忧，而忧者必在天下，忧天下，亦仁也。人之否也敢自逸？至即深山长谷之民，与之相对接而交言语，以求其疾忧，其有壅而不闻者乎？求民之疾忧，亦仁也。政不有小大，不以德则民不化服，民化服然后可以无讼。民不无讼，令其能休息无事，优游以嬉乎？古今之名者，其石幸在，其文信善，则其人之名与石且传而不朽，成人之名而不夺其志，亦仁也。作亭之意，其然乎？其不然乎？

太平州新学记

太平新学在子城东南，治平三年，司农少卿建安李侯某仲卿所作。侯之为州也，宽以有制，静以有谋，故不大罚戮，而州既治。于是大姓相劝出钱，造侯之庭，愿兴学以称侯意。侯为相地迁之，为屋百间，为防环之，以待水患。而为田二十顷，以食学者。自门徂堂，闳壮丽密，而所以祭养之器具。盖往来之人，皆莫知其经始，而特见其成。既成矣而侯罢去，州人善侯无穷也，乃来求文，以识其时功。

嗟乎！学之不可以已也久矣。世之为吏者或不足以知此，而李侯知以为先，又能不费财伤民，而使其自劝以成之，岂不贤哉？然世之为士者知学矣，而或不知所以学，故余于其求文而因以告焉。

盖继道莫如善，守善莫如仁。仁之施，

自父子始。积善而充之，以至于圣而不可知之谓神，推仁而上之，以至于圣人之于天道，此学者之所当以为事也，昔之造书者实告之矣。有闻于上，无闻于下，有见于初，无见于终，此道之所以散，百家之所以成，学者之所以讼也。学乎学，将以一天下之学者，至于无讼而止。游于斯，铺于斯，而余说之不知，则是美食逸居而已者也。李侯之为是也，岂为士之美食逸居而已者哉？治平四年九月四日，临川王某记。

抚州通判厅见山阁记

通判抚州、太常博士施侯，为阁于其舍之西偏，既成，与客升以饮，而为之名曰“见山”。且言曰：

“吾人脱于兵火，洗沐仁圣之膏泽，以休其父子者余百年。于今天子恭俭，陂池、苑囿、台榭之观，有堙毁而无改作，其不欲有所骚动，而思称祖宗所以悯仁元元之意殊甚。故人得私其智力，以逐于利而穷其欲。自虽蛮夷湖海山谷之聚，大农富工豪贾之家，往往能广其宫室，高其楼观，以与通邑大都之有力者争无穷之侈。夫民之富溢矣，吏独不当因其有余力，有以自娱乐、称上施耶？又况抚之为州，山耕而水莳，牧牛马，田虎豹，为地千里，而民之男女以万数者五六十。地大人众如此，而通判与之，为之父母，则其人奚可不贤？虽贤，岂能无劳于为治，独无观游食飨之地，以休其暇日，殆非先王使小人以力养君子之意？吾所以乐为之就此而忘劳者，非以为吾之不肖能长有此，顾不如是不足以待后之贤者尔。且夫人之慕于贤者，为其所乐与天下之志同而不失，然后能有余以与民，而使皆得其所愿。而世之说者曰：‘召公为政于周，方春舍于蔽芾之棠，听男女之讼焉，而不敢自休息于宫，恐民之从我者勤，而害其田作之时。盖其隐约穷苦，而以自媚于民如此。故其民爱思而咏歌之，至于不忍伐其所舍之棠，今《甘棠》之诗是也。’嗟乎！此殆非召公之实事、诗人之本指，特墨子之余言赘行，吝细褊迫者之所好，而吾之所不能为。”

于是酒酣，客皆

欢，相与从容誉施侯所为，而称其言之善。又美大其阁，而嘉其所以名之者曰：“阁之上，流目而环之，则邑屋、草木、川原、阪隰之无蔽障者皆见，施侯独有见于山而以为之名，何也？岂以山之在吾左右前后，若蟠若踞，若伏若骛，为独能适吾目之所观邪？其亦吾心有得于是而乐之也？”

施侯以客为知言，而以书抵予曰："吾所以为阁而名之者如此，子其为我记之。"数辞不得止，则又因吾叔父之命以取焉，遂为之记，以示后之贤者，使知夫施侯之所以为阁而名之者，其言如此。

余姚县海塘记

自云柯而南，至于某，有堤若干尺，截

然令海水之潮汐不得冒其旁田者，知县事谢君为之也。始堤之成，谢君以书属予记其成之始，曰：“使来者有考焉，得卒任完之以不隳。”谢君者，阳夏人也，字师厚，景初其名也。其先以文学称天下，而连世为贵人，至君，遂以文学世其家。其为县，不以材自负而忽其民之急。方作堤时，岁丁亥十一月也，能亲以身当风霜氛雾之毒，以勉民作而除其灾，又能令其民翕然皆劝趋之，而忘其役之劳，遂不逾时，以有成功。其仁民之心，效见于事如此，亦可以已，而犹自以为未也，又思有以告后之人，令嗣续而完之，以永其存。善夫！仁人长虑却顾图民之灾如此其至，其不可以无传。而后之君子考其

传，得其所以为，其亦不可以无思。

而异时予尝以事至余姚，而君过予，与予从容方天下之事。君曰："道以闳大隐密，圣人之所独鼓万物以然，而皆莫知其所以然者，盖有所难知也。其治政教令施为之详，凡与人共，而尤丁宁以急者，其易知较然者也。通途川，治田桑，为之堤防沟浍渠川以御水旱之灾；而兴学校，属其民人相与习礼乐其中，以化服之，此其尤丁宁以急，而较然易知者也。今世吏者，其愚也固不知所为。而其所谓能者，务出奇为声威，以惊世震俗，至或尽其力以事刀笔簿书之间而已，而反以谓古所为尤丁宁以急者，吾不暇以为。吾曾为之，而曾不足以为之，万有一人

为之，且不足以名于世而见其材。嘻！其可叹也。夫为天下国家且百年，而胜残去杀之效，则犹未也，其不出于此乎？”予良以其言为然。既而闻君之为其县，至则为桥于江，治学者以教养县人之子弟，既而又有堤之役，于是又信其言之行而不予欺也。已为之书其堤事，因并书其言终始而存之，以告后之人。庆历八年七月日记。

通州海门兴利记

余读《豳》诗："以其妇子，馌彼南亩，田畯至喜。"嗟乎！豳之人帅其家人戮力以听吏，吏推其意以相民，何其至也。夫喜者非自外至，乃其中心固有以然也。既叹其吏之能民，又思其君之所以待吏，则亦欲善之心出于至诚而已，盖不独法度以驱之也。以赏罚用天下，而先王之俗废。有士于此，能以豳之吏自为，而不苟于其民，岂非所谓有志者邪？

以余所闻，吴兴沈君兴宗海门之政，可谓有志矣。既堤北海七十里以除水患，遂大浚渠川，酾取江南，以灌义宁等数乡之田。方是时，民之垫于海，呻吟者相属。君至，则宽禁缓求，以集流亡。少焉，诱起之以就功，莫不蹶蹶然奋其惫而来也。由是观之，苟诚爱民而有以利之，虽创残穷敝之余，可勉而用也，况于力足者乎？

兴宗好学知方，竟其学，又将有大者焉，此何足以尽吾沈君之材，抑可以观其志矣。而论者或以一邑之善不足书之。今天下之邑多矣，其能有以遗其民而不愧于豳之吏者，果多乎？不多，则予不欲使其无传也。至和元年六月六日，临川王某记。

游褒禅山记

褒禅山亦谓之华山，唐浮图慧褒始舍于其址，而卒葬之，以故其后名之曰“褒禅”。今所谓慧空禅院者，褒之庐冢也。距其院东五里，所谓华山洞者，以其乃华山之阳名之也。距洞百余步，有碑仆道，其文漫灭，独其为文犹可识，曰“花山”。今言“华”如“华实”之“华”者，盖音谬也。

其下平旷，有泉侧出，而记游者甚众，所谓前洞也。由山以上五六里，有穴窈然，入之甚寒。问其深，则其好游者不能穷也，谓之后洞。余与四人拥火以入，入之愈深，其进愈难，而其见愈奇。有怠而欲出者，曰：“不出，火且尽。”遂与之俱出。盖予所至，比好游者尚不能十一，然视其左右，来而记之者已少。盖其又深，则其至又加少矣。方是时，予之力尚足以入，火尚足以明也。既其出，则或咎其欲出者，而予亦悔其随之，而不得极夫游之乐也。

于是予有叹焉：古人之观于天地、山川、草木、虫鱼、鸟兽，往往有得，以其求思之深而无不在也。夫夷以近，则游者众；险以远，则至者少。而世之奇伟瑰怪非常之观，常在于险远，而人之

所罕至焉。故非有志者不能至也。有志矣，不随以止也。然力不足者，亦不能至也。有志与力而又不随以怠，至于幽暗昏惑，而无物以相之，亦不能至也。然力足以至焉，于人为可讥，而在己则为有悔。尽吾志也而不能至者，可以无悔矣，其孰能讥之乎？此予之所得也。余于仆碑，又以悲夫古书之不存，后世之谬其传而莫能名者，何可胜道也哉！此所以学者不可以不深思而慎取之也。

四人者：庐陵萧君圭君玉，长乐王回深父，余弟安国平父、安上纯父。至和元年七月某甲子，临川王某记。

君子斋记

天子诸侯谓之

君，卿大夫谓之子，古之为此名也，所以命天下之有德。故天下之有德，通谓之君子。有天子、诸侯、卿大夫之位而无其德，可以谓之君子，盖称其位也。有天子、诸侯、卿大夫之德而无其位，可以谓之君子，盖称其德也。位在外也，遇而有之，则人以其名予之，而以貌事之。德在我也，求而有之，则人以其实予之，而心服之。夫人服之以貌而不以心，与之以名而不以实，能以其位终身而无谪者，盖亦幸而已矣。故古之人以名为羞，以实为慊，不务服人之貌，而思有以服人之心。非独如此也，以为求在外者，不可以力得也。故虽穷困屈辱，乐之而弗去，非以夫穷困屈辱为人之乐者在是也，以夫穷困屈辱不足以概吾心为可乐也已。

河南裴君主簿，于洛阳治斋于其官，而命之曰“君子”。裴君岂慕夫在外者而欲有之乎？岂以为世之小人众，而躬行君子者独我乎？由前则失己，由后则失人，吾知裴君不为是也，亦曰勉于德而已。盖所以榜于其前，朝夕出入观焉，思古人之所以为君子，而务及之也。独仁不足以为君子，独智不足以为君子。仁足以尽性，智足以穷理，而又通乎命，此古之人所以为君子也。虽然，古之人不云乎：“德輶如毛，毛犹有伦。”未有欲之而不得也。然则裴君之为君子也，孰御焉？故余嘉其志，而乐为道之。

明州慈溪县学记

天下不可一日而无政教，故学不可一日而亡于天下。古者井天下之田，而党庠、遂序、国学之法立乎其中。乡射饮酒、春秋合乐、养老劳农、尊贤使能、考艺选言之政，至于受成、献馘、讯囚之事，无不出于学。于此养天下智仁圣义忠和之士，以至一偏一伎一曲之学，无所不养。而又取士大夫之材行完洁，而其施设已尝试于位而去者，以为之师。释奠、释菜，以教不忘其学之所自。迁徙逼逐，以勉其怠而除其恶。则士朝夕所见所闻，无非所以治天下国家之道。其服习必于仁义，而所学必皆尽其材。一日取以备公卿大夫百执事之选，则其材行皆已素定，而士之备选者，其施设亦皆素所见闻而已，不待阅习而后能者也。古之在上者，事不虑而尽，功不为而足，其要如此而已。此二帝、三王所以治天下国家而立学之本意也。

后世无井田之法，而学亦或存或废。大抵所以治天下国家者，不复皆出于学。而学之士，群居族处，为师弟子之位者，讲章句、课文字而已。至其陵夷之久，则四方之学者，废而为庙，以祀孔子于天下，斫木抟土，如浮屠、道士法，为王者象。州县吏春秋帅其属释奠于其堂，而学士者或不预焉。盖庙之作出于学废，而近世之法然也。

今天子即位若干

年，颇修法度，而革近世之不然者。当此之时，学稍稍立于天下矣，犹曰县之士满二百人，乃得立学。于是慈溪之士不得有学，而为孔子庙如故，庙又坏不治。今刘君在中言于州，使民出钱，将修而作之，未及为而去，时庆历某年也。

后林君肇至，则曰："古之所以为学者，吾不得而见，而法者，吾不可以毋循也。虽然，吾之人民于此，不可以无教。”即因民钱作孔子庙，如今之所云，而治其四旁为学舍，构堂其中，帅县之子弟，起先生杜君醇为之师，而兴于学。噫！林君其有道者耶！夫吏者，无变今之法，而不失古之实，此有道者之所能也。林君之为，其几于此矣。

林君固贤令，而慈

溪小邑，无珍产淫货以来四方游贩之民；田桑之美，有以自足，无水旱之忧也。无游贩之民，故其俗一而不杂；有以自足，故人慎刑而易治。而吾所见其邑之士，亦多美茂之材，易成也。杜君者，越之隐君子，其学行宜为人师者也。夫以小邑得贤令，又得宜为人师者为之师，而以修醇一易治之俗，而进美茂易成之材，虽拘于法，限于势，不得尽如古之所为，吾固信其教化之将行，而风俗之成也。夫教化可以美风俗，虽然，必久而后至于善。而今之吏，其势不能以久也。吾虽喜且幸其将行，而又忧夫来者之不吾继也，于是本其意以告来者。

扬州新园亭记

诸侯宫室台榭，讲军实，容俎豆，各有制度。扬，古今大都，方伯所治处。制度狭庳，军实不讲，俎豆无以容，不以偪诸侯哉？宋公至自丞相府，化清事省，喟然有意其图之也。今太常刁君实集其意，会公去镇郓，君即而考之，占府乾隅，夷茀而基，因城而垣，并垣而沟，周六百步，竹万个覆其上。故高亭在垣东南，循而西三十轨，作堂曰“爱思”，道僚吏之不忘宋公也。堂南北向，袤八筵，广六筵。直北为射埒，列树八百本，以翼其旁。宾至而享，吏休而宴，于是乎在。又循而西十有二轨，作亭曰“隶武”，南北向，袤四筵，广如之，埒如堂，列树以向，岁时教士战、射、坐、作之法，于是乎在。始庆历二年十二月某日，凡若干日卒功云。初，宋公之政，务不烦其民，是役也，力出于兵，材资于宫之饶，地瞰于宫之隙，成公志也。噫！扬之物与监，东南所规仰，天子宰相所垂意，而选继乎宜有若宋公者，丞乎有若刁君者，金石可弊，此无废已。庆历三年四月某日，临川王某记。

信州兴造记

晋陵张公治信之明年，皇祐二年也，奸强贴柔，隐诎发舒，既政大行，民以宁息。夏六月乙亥，大水。公徙囚于高岳，命百隶戒，不共有常诛。夜漏半，水破城，灭府寺，苞民庐居。公趋谯门，坐其下，敕吏士以桴收民，鳏孤老癃与所徙之囚，咸得不死。

丙子，水降。公从宾佐按行隐度，符县调富民水之所不至者夫钱户七百八十六，收佛寺之积材一千一百三十有二。不足，则前此公所命富民出粟以赒贫民者二十三人，自言曰：“食新矣，赒可以已，愿输粟直，以佐材费。”七月甲午，募人城水之所入，垣郡府之缺，考监军之室，立司理之狱，营州之西北亢爽之墟，以宅屯驻之师，除其故营，以时教士刺伐坐作之法，故所无也。作驿曰饶阳，作宅曰回车。筑二亭于南门之外，左曰仁，右曰智，山水之所附也。梁四十有二，舟于两亭之间，以通车徒之道。筑一亭于州门之左，曰宴，月吉所以属宾也。凡为梁一，为城垣九千尺，为屋八。以楹数之，得五百五十二。自七月九日，卒九月七日，为日五十二，为夫一万一千四百二十五。中家以下，见城郭室屋之完，而不知材之所出；见徒之合散，而不见役使之及已。凡故之所有必具，其所无也，乃今有之，故其经费卒不出县官之给。公所以救灾补败之政如此，其贤于世吏远矣。

今州县之灾相属，民未病灾也，且有治灾之政出焉。弛舍之不适，裒取之不中，元奸宿豪舞手以乘民，而民始病。病极矣，吏乃始警然自喜，民相与诽且笑之而不知也。吏而不知为政，其重困民多如此。此予所以哀民，而闵吏之不学也。由是而言，则为公之民，不幸而遇害灾，其亦庶乎无憾矣。十月十二日，临川王某记。

桂州新城记

依智高反南方，出入十有二州，十有二州之守吏，或死或不死，而无一人能守其州者，岂其材皆不足欤？盖夫城郭之不设，兵甲之不戒，虽有智勇，犹不能以胜一日之变也。唯天子，亦以为任其罪者不独守吏，故特推恩褒广死节，而一切贷其失职。于是遂推选士大夫所论以为能者，付之经略，而今尚书户部侍郎余公靖当广西焉。

寇平之明年，蛮越接和，乃大城桂州。其方六里，其木、甓、瓦、石之材，以枚数之，至四百万有奇。用人之力，以工数之，至一十余万。凡所以守之具，无一求而不给者焉。以至和元年八月始作，而以二年之六月成。夫其为役亦大矣，盖公之信于民也久，而费之欲以卫其材，劳之欲以休其力，以故为是有大费与大劳，而人莫或以为勤也。

古者君臣、父子、

夫妇、兄弟、朋友之礼失，则夷狄横而窥中国。方是时，中国无城郭也，卒于陵夷、毁顿、陷灭而不救。然则城郭者，先王有之，而非所以恃而为存也。及至喟然觉寤，兴起旧政，则城郭之修也，又尝不敢以为后。盖有其患而图之无其具，有其具而守之非其人，有其人而治之无其法，能以久存而无败者，皆未之闻也。故文王之兴也，有四夷之难，则城于朔方，而以南仲；宣王之起也，有诸侯之患，则城于东方，而以仲山甫。此二臣之德协于其君，于为国之本末与其所先后，可谓知之矣。虑之以悄悄之劳，而发赫赫之名；承之以翼翼之勤，而续明明之功，卒所以攘夷狄，而中国以全安者，盖其君臣如此，而守卫之有其具也。

今余公亦以文武之材，当明天子承平日久，欲补弊立废之时，镇抚一方，修扞其民，其勤于今，与周之有南仲、仲山甫盖等矣，是宜有纪也。故其将吏相与谋而来取文，将刻之城隅，而以告后之人焉。至和二年九月丙辰，群牧判官、太常博士王某记。

繁昌县学记

奠先师先圣于学而无庙，古也。近世之法，庙事孔子而无学。古者自京师至于乡邑皆有学，属其民人相与学道艺其中，而不可使不知其学之所自，于是乎有释菜、奠币之礼，所以著其不忘。然则事先师先圣者，以有学也。今也无有学，而徒庙事孔子，吾不知其说也。而或者以谓孔子百世师，通天下州邑为之庙，此其所以报且尊荣之。夫圣人与天地同其德，天地之大，万物无可称德，故其祀，质而已，无文也。通州邑庙事之，而可以称圣人之德乎？则古之事先圣，何为而不然也？

宋因近世之法而无能改，至今天子始

诏天下有州者皆得立学，奠孔子其中，如古之为。而县之学士满二百人者，亦得为之。而繁昌，小邑也，其士少，不能中律，旧虽有孔子庙，而庳下不完，又其门人之像，惟颜子一人而已。今夏君希道太初至，则修而作之，具为子夏、子路十人像。而治其两庑，为生师之居，以待县之学者。以书属其故人临川王某，使记其成之始。夫离上之法，而苟欲为古之所为者无法；流于今俗而思古者，不闻教之所以本，又义之所去也。太初于是无变今之法，而不失古之实，其不可以无传也。

芝阁记

祥符时，封泰山以文天下之平，四方以

芝来告者万数。其大吏，则天子赐书以宠嘉之，小吏若民，辄锡金帛。方是时，希世有力之大臣，穷搜而远采，山农野老，攀缘狙杙，以上至不测之高，下至涧溪壑谷，分崩裂绝，幽穷隐伏，人迹之所不通，往往求焉。而芝出于九州四海之间，盖几于尽矣。

至今上即位，谦让不德。自大臣不敢言

封禅。诏有司以祥瑞告者皆勿纳，于是神奇之产，销藏委翳于蒿藜榛莽之间，而山农野老不复知其为瑞也。则知因一时之好恶，而能成天下之风俗，况于行先王之治哉？

太丘陈君，学文而好奇。芝生于庭，能识其为芝，惜其可献而莫售也，故阁于其居之东偏，掇取而藏之。盖其好奇如此。噫！芝一也，或贵于天子，或贵于士，或辱于凡民，夫岂不以时乎哉？士之有道，固不役志于贵贱，而卒所以贵贱者，何以异哉？此予之所以叹也。皇祐五年十月日记。

送孙正之序

时然而然，众人也；己然而然，君子

也。已然而然，非私己也，圣人之道在焉尔。夫君子有穷苦颠跌，不肯一失诎己以从时者，不以时胜道也。故其得志于君，则变时而之道，若反手然，彼其术素修而志素定也。时乎杨、墨，己不然者，孟轲氏而已。时乎释、老，己不然者，韩愈氏而已。如孟、韩者，可谓术素修而志素定也，不以时胜道也，惜也不得志于君，使真儒之效不白于当世，然其于众人也卓矣。呜呼！予观今之世，圆冠峨如，大裙襜如，坐而尧言，起而舜趋，不以孟、韩之心为心者，果异众人乎？

予官于扬，得友曰孙正之。正之行古之道，又善为古文，予知其能以孟、韩之心为心而不已者也。夫越人之望燕，为绝域也，北辕而首之，苟不已，无不至。孟、韩之道去吾党，岂若越人之望燕哉？以正之之不已，而不至焉，予未之信也。一日得志于吾君，而真儒之效不白于当世，予亦未之信也。正之之兄官于温，奉其亲以行，将从之，先为言以处予。予欲默，安得而默也？庆历二年闰九月十一日，送之云尔。

《灵谷诗》序

吾州之东南有灵谷者，江南之名山也。龙蛇之神，虎豹翚翟之文章，楩楠、豫章、竹箭之材，皆自山出。而神林、鬼冢、魑魅之穴，与夫仙人、释子恢谲之观，咸付托焉。至其淑灵和清之气，盘礴委积于天地之间，万物之所不能得者，乃属之于人，而处士君实生其址。

君姓吴氏，家于山阯，豪杰之望，临吾一州者，盖五六世，而后处士君出焉。其行，孝悌忠信；其能，以文学知名于时。惜乎其老矣，不得与夫虎豹、翚翟之文章，楩楠、豫章、竹箭之材，俱出而为用于天下，顾藏其神奇，而与龙蛇杂此土以处也。然君浩然有以自养，遨游于山川之间，啸歌讴吟，以寓其所好，终身乐之不厌，而有诗数百篇，传诵于闾里。他日，出其《灵谷》三十二篇，以属其甥曰：“为我读而序之。”惟君子之所得，盖有伏而不见者，岂特尽于此诗而已？虽然，观其镵刻万物，而接之以藻缋，非夫诗人之巧者，亦孰能至于此？

《老杜诗后集》序

予考古之诗，尤爱杜甫氏作者，其辞所从出，一莫知穷极，而病未能学也。世所传已多，计尚有遗落，思得其完而观之。然每一篇出，自然人知非人之所能为而为之者，惟其甫也，辄能辨之。

予之令鄞，客有

授予古之诗世所不传者二百余篇。观之，予知非人之所能为，而为之实甫者，其文与意之著也。然甫之诗其完见于今者，自予得之。世之学者，至乎甫而后为诗，不能至，要之不知诗焉尔。呜呼！诗其难，惟有甫哉？自《洗兵马》下序而次之，以示知甫者，且用自发焉。皇祐壬辰五月日，临川王某序。

送胡叔才序

叔才，铜陵大宗，世以赀名。子弟豪者，驰骋渔弋为己事；谨者，务多辟田以殖其家。先时，邑之豪子弟有命儒者，耗其千金之产，卒无就。邑豪以为谚，莫肯命儒者，遇儒冠者，皆指目远去，若将浼己然，虽胡氏亦然。独叔才之父母不然，于叔才之幼，捐重币，逆良先生教之。既壮可以游，资而遣之无所靳。居数年，朋试于有司，不合而归，邑人之訾者半，窃笑者半。其父母愈笃不悔，复资而遣之。

叔才纯孝人也，悱然感父母所以教己之笃，追四方才贤，学作文章，思显其身以及其亲。不数年，遂能褎然为材进士，复朋试于有司，不幸复诎于不己知。不予愚而从之游，尝为予言父母之思，而惭其邑人，不能归。予曰："归也！夫禄与位，庸者所侍以为荣者也。彼贤者道弸于中，而襮之以艺，虽无禄与位，其荣者固在也。子之亲矫群庸而置子于圣贤之途，可谓不贤乎？或呰或笑而终不悔，不贤者能之乎？今而舍道德而荣禄与位，殆不其然。然则子之所以荣亲而释惭者，亦多矣。昔之訾者窃笑者，固庸者尔，岂子所宜惭哉？姑持予言以归，为父母寿，其亦喜无量，于子何如？”因释然寤，治装而归。予即书其所以为父母寿者送之云。

《善救方》后序

孟子曰："先王有不忍人之心，斯有不忍人之政。"臣某伏读《善救方》而窃叹曰："此可谓不忍人之政矣！"夫君者，制命者也。推命而致之民者，臣也。君臣皆不失职，而天下受其治。方今之时，可谓有君矣。生养之德，通乎四海，至于蛮夷荒忽，不救之病，皆思有以救而存之。而臣等虽贱，实受命治民，不推陛下之恩泽而致之民，则恐得罪于天下而无所辞诛。谨以刻石，树之县门外左，令观赴者自得而不求有司云。皇祐元年二月二十八日序。

送陈升之序

今世所谓良大夫

者有之矣，皆曰：是宜任大臣之事者。作而任大臣之事，则上下一失望，何哉？人之材有小大，而志有远近也。彼其任者小而责之近，则煦煦然仁，而有余于仁矣；孑孑然义，而有余于义矣。人见其仁义有余也，则曰：是其任者小而责之近，大任将有大此者然。上下竢之云尔，然后作而任大臣之事。作而任大臣之事，宜有大此者焉，然则煦煦然而已矣，孑孑然而已矣，故上下一失望。岂惟失望哉？后日诚有堪大臣之事，其名实烝然于上，上必惩前日之所誒而逆疑焉；暴于下，下必惩前日之所誒而逆疑焉。上下交疑，诚有堪大臣之事者，莫之或任。幸欲任，则左右小人得引前日之所誒惩之矣。噫！圣人谓知人难，君子恶名之溢于实为此，难之则奈何？亦精之而已矣；恶之则奈何？亦充之而已矣。知难而不能精之，恶之而不能允之，其亦殆哉！

予在扬州，朝之人过焉者，多堪大臣之事，可信而望者，陈升之而已矣。今去官于宿州，予不知复几何时乃一见之也。予知升

之作而任大臣之事，固有时矣。煦煦然仁而已矣，孑孑然义而已矣，非予所以望于升之也。

张刑部诗序

刑部张君诗若干篇，明而不华，喜讽道而不刻切，其唐人善诗者之徒欤！君并杨、刘生，杨、刘以其文词染当世，学者迷其端原，靡靡然穷日力以摹之，粉墨青朱，颠错丛庞，无文章黼黻之序，其属情藉事，不可考据也。方此时，自守不污者少矣。君诗独不然，其自守不污者邪？子夏曰："诗者，志之所之也。"观君之志，然则其行亦自守不污者邪，岂唯其言而已！畀予诗而请序者，君之子彦博也。彦博字文叔，为抚州司法，还自扬州识之，日与之接云。庆历三年八月序。

祭欧阳文忠公文

夫事有人力之可致，犹不可期；况乎天理之溟漠，又安可得而推？惟公生有闻于当时，死有传于后世，苟能如此足矣，而亦又何悲？如公器质之深厚，智识之高远，而辅学术之精微，故充于文章，见于议论，豪健俊伟，怪巧瑰琦。其积于中者，浩如江河之停蓄；其发于外者，烂如日星之光辉。其清音幽韵，凄如飘风急雨之骤至；其雄辞闳辩，快如轻车骏马之奔驰。世之学者，无问乎识不与识，而读其文，则其人可知。

呜呼！自公仕宦四十年，上下往复，感世路之崎岖。虽屯邅困踬，窜斥流离，而终不可掩者，以其公议之是非。既厌复起，遂显于世。果敢之气，刚正之节，至晚而不衰。方仁宗皇帝临朝之末年，顾念后事，谓如公者，可寄以社稷之安危。及夫发谋决策，从容指顾，立定大计，谓千载而一时。功名成就，不居而去，其出处进退，又庶乎英魄灵气，不随异物腐散，而长在乎箕山之侧与颍水之湄。然天下之无贤不肖，且犹为涕泣而歔欷。而况朝士大夫，平昔游从，又予心之所向慕而瞻依。

呜呼！盛衰兴废之理，自古如此。而临风想望，不能忘情者，念公之不可复见，而其谁与归？

祭丁元珍学士文

我初闭门，屈首《书》《诗》。一出涉世，茫无所知。援挈覆护，免于阽危。蕴培浸灌，使有华滋。微吾元珍，我始弗殖。如何弃我，陨命一昔？以忠出恕，以信行仁。至于白首，困厄穷屯。又从挤之，使以踬死。岂伊人尤？天实为此。有磐彼石，可志于丘。虽不属我，我其徂求。请著君德，名之九幽。以驰我哀，不在醪羞。

祭王回深甫文

嗟嗟深甫，真弃我而先乎？孰谓深甫之壮以死，而吾可以长年乎？虽吾昔日执子之手，归言子之所为，实受命于吾母，曰如此人，乃与为友。吾母知子，过于予初。终子成德，多吾不如。呜呼天乎！既丧吾母，又夺吾友，虽不即死，吾何能久？抟胸一恸，心摧志朽，泣涕为文，以荐食酒。嗟嗟深甫，子尚知否？

兵部员外郎知制诰谢公行状

公讳绛，字希深，其先陈郡阳夏人，以

试秘书省校书郎起家，中进士甲科，守太常寺奉礼郎，七迁至尚书兵部员外郎以卒。尝知颍之汝阴县，校理秘书，直集宣院，通判常州、河南府，为开封府、三司度支判官，与修真宗史，知制诰，判吏部流内铨，最后以请知邓州，遂葬于邓，年四十六，其卒以宝元二年。

公以文章贵朝

廷，藏于家凡八十卷。其制诰，世所谓常、杨、元、白不足多也。而又有政事材，遇事尤剧，常若简而有余。所至辄大兴学舍，庄懿、明肃太后起二陵于河南，不取一物于民而足，皆公力也。后河南闻公丧，有出涕者，诸生至今祠公像于学。邓州有僧某诱民男女数百人，以昏夜聚为妖，积六七年不发。公至，立杀其首，弛其余不问。又欲破美阳堰，废职田，复召信臣故渠，以水与民而罢其岁役，以卒故不就。于吏部所施置，为后法。

其在朝，大事或谏，小事或以其职言。郭皇后失位，称《诗·白华》以讽，争者贬，公又救之。尝上书论四民失业，献《大宝箴》，议昭武皇帝不宜配上帝，请罢内作诸奇巧，因灾异推天所以谴告之意。言时政，又论方士不宜入宫，请追所赐诏。又以为诏令不宜偏出数易，请繇中书、密院然后下。其所尝言甚众，不可悉数。及知制诰，自以其近臣，上一有所不闻，其责今豫我，愈慷慨欲以论谏为己事。故其葬也，庐陵欧阳公铭其墓，尤叹其不寿，用不极其材云。卒之日，欧阳公入哭其堂，椸无新衣；出视其家，库无余财。盖食者数十人，三从孤弟侄皆在，而治衣栉才二婢。平居宽然，貌不自持，至其敢言自守，矫然壮者也。

谢氏本姓任，自受氏至汉、魏无显者，而盛于晋、宋之间。至公再世有名爵于朝，而四人皆以材称于世。先人与公皆祥符八年进士，而公子景初等以历官行事来曰：“愿有述也，将献之太史。”谨撰次如右。谨状。

彰武军节度使侍中曹穆公行状

公讳玮，字宝臣，真定府灵寿县人。少以荫为天平、武宁二军牙内都虞候。至道中，李继迁盗据河西银、夏等州，后又击诸部，并其众。李继隆、范廷召等数出无功，而朝廷终弃灵武，继迁遂强，屡入边州为寇。当是时，公为东头供奉官、阁门祗候，年十九。太宗问大臣谁可使当继迁者，武惠王以公应诏。太宗以知渭州，而欲除诸司使以遣之，武惠王为公固让，乃以本官知渭州。真宗即位，改内殿崇班、阁门通事舍人、西上阁门副使，移知镇戎军。当是时，继迁虐使其众，人多怨者。公即移书言朝廷恩信，抚纳之厚以动之。羌人得书，往往感泣，于是康奴诸族皆内附。咸平六年，继迁死，其子德明求保塞。公上书言继迁擅中国要害地，终身旅拒，使谋臣狼顾而忧。方其国危子弱，不即捕灭，后更盛强，无以息民。当是时，朝廷欲以恩致德明，寝其书不用。而河西大族延家妙等，遂拔其部人来归，诸将犹豫，未知所以应。公曰："德明野心，去就尚疑。今不急折其羽翮而长养就之，其飞必矣。"即自将骑士入天都山取之内徙。德明由此遂弱，而至死不敢窥边。大中祥符元年，召还，除西上阁门使、邠宁环庆路兵马都钤辖兼知邠州。

东封，迁东上阁门使、高州刺史，再移真定府、定州路都钤辖。已而又以为泾原路都钤辖兼知渭州。公乃图泾原、环庆两路山川城郭战守之要以献，真宗留其一枢密院，而以其一付本路，使诸将出兵皆按图议事。祀汾阴，迁四方馆使。初，章埋骄于武延碱泊，拨臧掘强于平凉，公皆诛之，而汧、渭之间，遂无一羌犯塞。八年，迁英州团练使、知秦州。秦西南羌唃厮啰、宗哥立遵始大，遵献方物，求称赞普。公上书言夷狄无厌，足其求，必轻中国。大臣方疑其事，会得公书，遂不许，而犹以为保顺军节度使。公曰：“我狃遵矣，又

将为寇，吾治兵以俟耳。”遵使其舅赏样丹招熟户郭厮敦为乡导，公即诱样丹捕厮敦，而许以一州。样丹终杀厮敦。公遂奏以为颍州刺史，而样丹亦举南市城以献。先是，张佶知秦州生事，熟户多去，为遵耳目，及公诛样丹，即皆惶恐避逃，公许之入赎自首，还故地，而至者数千人。后遂帖服，皆为用。至明年，啰、遵果悉众号十万，寇三都。公帅三将破之，追北至沙州，所俘斩以万计。事闻，除客省使、康州防御使。其后又破灭马波、叱腊、鬼留等诸羌，啰、遵遂以穷孤逃入碛。而公斥境陇上，置弓门、威远凡十寨，自是秦人无事矣。

天禧三年，召还，除华州观察使。以西

人之恃公也，复以为鄜延路马步军都部署。四年，遂除宣徽北院使、镇国军节度观察留后、签书枢密院事。丁晋公用事，稍除不附己者，既贬寇莱公，即指公为党，改宣徽南院使，出为环庆路都部署，又降容州观察使、知莱州。晋公贬，乃以公为华州观察使、知青州。天圣三年，除彰化军节度观察留后、知天雄军，又移知永兴军，而诏使来朝。至则除昭武军节度使而复还之。天圣五年，以疾病求知孟州，得之。会言事者以公宿将，有威名，不当置之闲处，乃以为真定路马步军都部署、知定州。七年，换彰武军节度使。八年正月，薨于位，年五十八。皇帝为罢朝两日，赠侍中，谥曰武穆。

公为将几四十年，用兵未尝败衄，尤有功于西方。旧，羌杀中国人，得以羊马赎死如羌法。公以谓如此非所尊中国而爱吾人，奏请不许其赎。又请补内附羌百族以为上军主，假以勋阶爵秩如王官，至今皆为成法。陕西岁取边人为弓箭手，而无所给。公以塞上废地募人为之，若干亩出一卒，若干亩出一马，至其重敛，发兵戍守，至今边赖以实，所募皆为精兵。在渭州，取陇外笼干川筑城，置兵以守，曰："后当有用此者。"及李元昊叛，兵数出，卒以笼干川为德顺军，而自陇以西，公所措置，人悉以为便也。自三都之战，威震四海，唃厮啰闻公姓名，即以手加额。在天雄，契丹使过魏地，辄阴勒其从人，无得高语疾驱。至，多惮公不敢仰视。契丹既请盟，真宗于兵事尤重慎，即有边事，手诏诘难，至十余反，而公每守一议，终无以夺。真宗后愈听信，有论边事者，往往密以付公可否。

好读书，所如必载书数两，兼通《春秋公羊》《谷梁》《左氏传》，而尤熟于《左氏》。始娶潘氏，冯翊郡夫人，忠武军节度使、同中书门下平章事韩国公美之子。后娶沈氏，安国太夫人，故相左仆射伦之孙、光禄卿继宗之子。子男四人：僖，礼宾使，知仪州，当元昊叛时，以策说大将，不能用，反罪之，迁韶州以死；倚，终内殿崇班；俣，供备库副使，拒元昊于瓦亭，战死，赠宁州刺史；倩，右侍禁。一女子，适四方馆使、荣州刺史王德基。孙五人：谅、讽，东头供奉官；谊，右侍禁、阁门祗候；谓，三班奉职；谘，右班殿直。

泰州海陵县主簿许君墓志铭

君讳平，字秉之，姓许氏。余尝谱其世家，所谓今泰州海陵县主簿者也。君既与兄元相友爱称天下，而自少卓荦不羁，善辩说，与其兄俱以智略为当世大人所器。宝元时，朝廷开方略之选，以招天下异能之士，而陕西大帅范文正公、郑文肃公争以君所为书以荐。于是得召试为太庙斋郎，已而选泰州海陵县主簿。贵人多荐君有大才，可试以事，不宜弃之州县。君亦尝慨然自许，欲有所为，然终不得一用其智能以卒。噫，其可哀也已！

士固有离世异俗，独行其意，骂讥笑侮，困辱而不悔。彼皆无众人之求，而有所待于后世者也，其龃龉固宜。若夫智谋功名之士，窥时俯仰，以赴势利之会，而辄不遇者，乃亦不可胜数。辩足以移万物，而穷于用说之时；谋足以夺三军，而辱于右武之国。此又何说哉？嗟乎，彼有所待而不悔者，其知之矣。

君年五十九。以嘉祐某年某月某甲子，葬真州之扬子县甘露乡某所之原。夫人李氏。子男瑰，不仕；璋，真州司户参军；琦，太庙斋郎；琳，进士。女子五人，已嫁二人，进士周奉先、泰州泰兴令陶舜元。铭曰：

有拔而起之，莫挤而止之。呜呼许君！而已于斯。谁或使之？

王深父墓志铭

吾友深父，书足以致其言，言足以遂其志。志欲以圣人之道为己任，盖非至于命弗止也，故不为小廉曲谨以投众人耳目，而取舍、进退、去就必度于仁义。世皆称其学问文章行治，然真知其人者不多，而多见谓迂阔，不足趣时合变。嗟乎！是乃所以为深父也。令深父而有以合乎彼，则必无以同乎此矣！

尝独以谓天之生夫人也，殆将以寿考成其才，使有待而后显，以施泽于天下。或者诱其言，以明先王

之道，觉后世之民。呜呼！孰以为道不任于天，德不酬于人，而今死矣。甚哉，圣人君子之难知也！以孟轲之圣，而弟子所愿，止于管仲、晏婴，况余人乎？至于扬雄，尤当世之所贱简，其为门人者，一侯芭而已。芭称雄书以为胜《周易》。《易》不可胜也，芭尚不为知雄者。而人皆曰：古之人生无所遇合，至其没久，而后世莫不知。若轲、雄者，其没皆过千岁，读其书，知其意者甚少。则后世所谓知者，未必真也。夫此两人以老而终，幸能著书，书具在，然尚如此。嗟乎深父，其智虽能知轲，其于为雄，虽几可以无悔，然其志未就，其书未具，而既早死，岂特无所遇于今，又将无所传于后。天之生夫

人也，而命之如此，盖非余所能知也。

深父讳回，本河南王氏，其后自光州之固始迁福州之侯官，为侯官人者三世。曾祖讳某，某官；祖讳某，某官；考讳某，尚书兵部员外郎。兵部葬颍州之汝阴，故今为汝阴人。深父尝以进士补亳州卫真县主簿，岁余自免去。有劝之仕者，辄辞以养母。

其卒以治平二年七月二十八日，年四十三。于是朝廷用荐者，以为某军节度推官、知陈州南顿县事，书下而深父死矣。夫人曾氏，先若干日卒。子男一人，某；女二人，皆尚幼。诸弟以某年某月某日，葬深父某县某乡某里，以曾氏祔。铭曰：

鸣呼深父！维德之仔肩，以迪祖武。厥

艰荒遐，力必践取。莫吾知庸，亦莫吾侮。神则尚反，归形此土。

给事中赠尚书工部侍郎孔公墓志铭

宋故朝请大夫、给事中、知郓州军州事、兼管内河堤劝农同群牧使、上护军、鲁郡开国侯，食邑一千六百户，食实封二百户，赐紫金鱼袋孔公者，尚书工部侍郎、赠尚书吏部侍郎讳勖之子，兖州曲阜县令、袭封文宣公、赠兵部尚书讳仁玉之孙，兖州泗水县主簿讳光嗣之曾孙，而孔子之四十五世孙也。其仕当今天子天圣、宝元之间，以刚毅谅直名闻天下。尝知谏院矣，上书请明肃太后归政天子，而廷奏枢密使曹利用，上御药罗崇勋罪状。当是时，崇勋操权利，与士大夫为市；而利用悍强不逊，内外惮之。尝为御史中丞矣，皇后郭氏废，引谏官、御史伏阁以争，又求见上，皆不许，而固争之，得罪然后已。盖公事君之大节如此。此其所以名闻天下，而士大夫多以公不终于大位为天下惜者也。

公讳道辅，字原

鲁。初以进士释褐，补宁州军事推官。年少耳，然断狱议事，已能使老吏惮惊。遂迁大理寺丞、知兖州仙源县事，又有能名。其后尝直史馆，待制龙图阁，判三司理欠凭由司、登闻检院、吏部流内铨、纠察在京刑狱，知许、徐、兖、郓、泰五州，留守南京。而兖、郓、御史中丞皆再至。所至官治，数以争职不阿，或绌或迁，而公持一节以终身，盖未尝自诎也。其在兖州也，近臣有献诗百篇者，执政请除龙图阁直学士。上曰：“是诗虽多，不如孔道辅一言。”乃以公为龙图阁直学士。于是人度公为上所思，且不久于外矣。未几，果复召，以为中丞。而宰相使人说公稍折节以待迁，公乃告以不能。于是人又度公且不得久居中，而公果出。初，开封府吏冯士元坐狱，语连大臣数人，故移其狱御史。御史劾士元罪止于杖，又多更赦。公见上，上固怪士元以小吏与大臣交私，污朝廷，而所坐如此，而执政又以谓公为大臣道地，故出知郓州。公以宝元二年如郓，道得疾，以十二月壬申，卒于滑州之韦城驿，享年五十四。其后诏追复郭皇后位号，而近臣有为上言公明肃太后时事者，上亦记公平生所为，故特赠公尚书工部侍郎。

公夫人金城郡君尚氏，尚书都官员外郎讳宾之女。生二男子，曰淘，今为尚书屯田员外郎；曰宗翰，今为太常博士，皆有行治，世其家。累赠公金紫光禄大夫、尚书兵部侍郎，而以嘉祐七年十月壬寅，葬公孔子墓之西南百步。公廉于财，乐振施。遇故人子，恩厚尤笃。而尤不好鬼神机祥事。在宁州，道士治真武像，有蛇穿其前，数出近人，人传以为神。州将欲视验以闻，故率其属往拜之，而蛇果出。公即举笏击蛇，杀之，自州将以下皆大惊，已而又皆大服。公由此始知名。然余观公数处朝廷大议，视祸福无所择，其智勇有过人者，胜一蛇之妖，何足道哉？世多以此称公者，故余亦不得而略也。铭曰：

展也孔公，维志之求。行有险夷，不改其辀。权强所忌，谗谄所仇。考终厥位，宠禄优优。维皇好直，是锡公休。序行纳铭，为识诸幽。

王逢原墓志铭

呜呼！道之不明邪，岂特教之不至也，士亦有罪焉。呜呼！道之不行邪，岂特化之不至也，士亦有罪焉。呜呼！盖无常产而有常心者，古之所谓士也。士诚有常心以操圣人之说而力行之，则道虽不明乎天下，必明于己；道虽不行于

天下，必行于妻子。内有以明于已，外有以行于妻子，则其言行必不孤立于天下矣。此孔子、孟子、伯夷、柳下惠、扬雄之徒所以有功于世也。

呜呼！以予之昏弱不肖，固亦士之有罪者，而得友焉。余友字逢原，姓王氏，广陵人也。始予爱其文章，而得其所以言；中予爱其节行，而得其所以

行；卒予得其所以言，浩浩乎其将沿而不穷也，得其所以行，超超乎其将追而不至也。于是慨然叹，以为可以任世之重而有功于天下者，将在于此，余将友之而不得也。呜呼！今弃予而死矣，悲夫！

逢原，左武卫大将军讳奉谨之曾孙，大理评事讳珙之孙，而郑州管城县主簿

讳世伦之子。五岁而孤，二十八而卒，卒之九十三日，嘉祐四年九月丙申，葬于常州武进县南乡薛村之原。夫人吴氏，亦有贤行，于是方娠也，未知其子之男女。铭曰：

寿胡不多？天实尔啬。曰天不相，胡厚尔德？厚也培之，啬也推之，乐以不罢，不怨以疑。呜呼天民，将在于兹！

ISBN 978-7-5752-0560-3
9 787575 205603